7시 29분, 무엇이든 배달해 드립니다

글 김민선 | 그림 김유

차례

프롤로그 ◦ 5

첫 번째 배달, 할아버지의 시계 ◦ 12

두 번째 배달, 점박이와 소원 구슬 ◦ 48

세 번째 배달, 밤이슬 ◦ 80

네 번째 배달, 초록색 리본이 달린 구두 ◦ 120

다섯 번째 배달, 박하사탕과 편지 ◦ 150

에필로그 ◦ 173

작가의 말 ◦ 178

프롤로그

중학교 옆에 있는 무인 문구점과 슈퍼마켓을 지나 파출소 앞 신호등을 건너면 골목길이 하나 나와. 그 골목길로 444미터쯤 걸어가 오른쪽으로 돌면 분위기가 묘한 가게가 있어. 여기에 이런 가게가 있었나 싶은 가게.

양옆으로 시원스러운 창이 나 있는 옥색 기와 한옥은 흔히 볼 수 없잖아? 그런데 누구도 이 자리에 이런 가게가 있는 줄 몰라. 희한하지?

또 신기한 건, 이 가게는 밤이 되어야 문을 연다는 거야. 주위가 캄캄해지고 달이 자기 색을 찾아갈 때쯤 말이야.

"벌써 시간이 이렇게 됐나?"

무릎이 늘어난 추리닝을 입은 가게 주인이 부스스한 얼굴로 은하수 등을 켰어. 그러고는 텅 빈 진열장과 검은 상자를 정리했지. 새로 들어온 흰색 국화들을 확인하는 것도 잊지 않았어.

"자, 그럼 이제 슬슬 가게 문을 열어 볼까?"

때마침 손님 하나가 골목으로 들어서고 있었어. 앞으로 자신이 겪게 될 일들은 까맣게 모른 채.

딸랑, 손님이 가게 문을 열자 물고기 모양 종이 울렸어.

"여기가 무엇이든 배달해 준다는 가게가 맞소?"

손님이 내놓은 물건은 일단 시계처럼 보이긴 했어. 이게 무슨 말이냐 하면, 상태가 영 엉망이란 소리야. 앞판 유리와 다이얼은 전부 깨져 있었고 시곗줄은 너덜너덜했어.

"이 시계를 고쳐서 우리 손주한테 전하고 싶은데, 되겠소?"

걱정이 가득한 얼굴이었어. 주인은 손님 얼굴은 보지도 않고 시계를 먼저 살폈지.

"뭐, 이 정도야. 나한테는 껌이지."

"다행이네. 다행이야."

가게 주인의 말에 손님이 가슴을 쓸어내렸어.

"고쳐 주는 김에 시곗줄도 새 걸로 싹 갈아 주고, 줄 앞쪽에 구멍도 내 주시오. 손자 놈 손목에 시계가 딱 맞질 않아서."

손님은 주인 눈치를 살피며 계속 말했어.

"손자 이름도 새겼으면 좋겠는데……."

"그냥 새로 하나 사 줘. 이런 고물 시계 줘 봤자 누가 좋아한다고?"

"그러는 게 좋겠소? 그래도 이 시계는 아버지가 내게 물려준 소중한 시계라오. 내가 이 시계를 보며 아버지를 떠올렸듯이 손주도 날 기억해 주면 좋겠다고 생각했소. 다 이 늙은이 욕심이었나 보오……."

"해, 해 주면 되잖아!"

"이걸 고마워서 어쩌나. 어쩐지 다들 여기로 가라고 하더라니. 주인이 굉장히 좋은 분이라고."

"좋은 분? 딱히 그렇지는 않은데."

그렇게 말하면서도 주인의 입꼬리는 슬며시 올라갔어. 사실 이 가게의 주인은 말만 거칠게 할 뿐이지, 부탁을 잘 거절하지 못해. 가게를 찾는 손님들도 그걸 알고 이것저것 부탁하곤 했지.

"슬프지 않은 이별은 없다고 하지만, 나는 괜찮소. 살 만큼 살았다고 할 수 있지. 나는 그저 손주 놈이 걱정될 뿐이라오. 상처가 많은 아이라 남한테 마음을 잘 안 열거든. 울기도 하고 화도 내고 기뻐하기도 하면서 그저 여느 아이들처럼 지내면 좋으련만."

손님은 한참 뜸 들이다가 입을 열었어.

"주인 양반이 우리 손주 놈을 만나 주면 안 되겠소?"

"내가 왜? 그렇게 보고 싶으면 당신이 가면 되잖아."

가게 주인은 말하고도 흠칫했어. 여기에 오는 손님들에게는 누구를 만나고 싶어도 만나러 갈 수 없는 사정이 있거든.

"세상살이에는 순리가 있는 법인데 남아 있으면 쓰나. 이제는 떠나야지요. 어휴, 그나저나 불쌍한 우리 손주 놈은 어쩌나."

손님은 주머니에 있던 손수건을 꺼내 괜히 눈가를 닦았어. 주인은 마음이 약해져 버럭 소리쳤어.

"알았어! 알았다고! 뭘 어떻게 하면 되는데?"

이럴 줄 알았다는 듯 손님이 빙긋 웃었어.

"별거 없소. 그 애가 잘 지내는지 불러다가 한번 봐 주시구려. 밥은 잘 먹는지, 잠은 잘 자는지. 그리고 이게 제일 중요한 건데 친구는 좀 생겼는지. 아, 내 손주 놈은 코코아를 아주 좋아한다오."

"아오, 별거 없다더니 또 왕창 말하네!"

주인의 핀잔에 손님이 자리에서 슬그머니 일어났어. 그때 주인이 손님을 불러 세웠어.

"당신 이름은 알려 주고 가야지."

"성은 박에 이름은 상원이라오."

휘영청한 달을 바라보며 손님이 이어 말했어.

"달이 참 밝구려. 저승 가기 딱 좋은 날이네."

손님의 뒷모습이 점처럼 작아질 때쯤 주인이 한숨을 푹 쉬었어. 왠지 모르게 쓸쓸한 기분이 들었어. 손님들이 떠날 때마다 이런 기분이 드는 건 어쩔 수 없나 봐.

"일이나 하자."

주인은 서랍을 열어 양쪽 끝이 뾰족한 망치를 꺼내 한참을 뚝딱거렸어. 그러고는 표면이 울퉁불퉁한 검은색 천으로 시계를 닦았지. 자, 이제 시곗줄만 갈아 주면 수리가 끝나. 시곗줄에 구멍을 하나 더 뚫는 것도 잊지 않았지.

주인은 상자에 넣어 두었던 시계를 부드럽게 어루만졌어. 그러자 멈췄던 시계가 거짓말처럼 움직이기 시작했어.

오늘 밤은 다른 날보다 지루하고 긴 밤이 될 것 같았어. 손님의 말처럼 창밖의 달이 참 밝았거든.

첫 번째 배달

할아버지의 시계

1.

 할아버지 장례를 치르느라 사흘이나 등교하지 않았는데도 모든 게 똑같아 보였다. 시끌벅적한 교실과 인사만 겨우 하는 아이들, 1교시부터 7교시까지 다닥다닥 붙어 있는 시간표까지. 모두 사흘 전 그대로다. 하람이는 할아버지의 죽음이 거짓말처럼 느껴졌다.

 "왜 1교시가 사회야?"

 하람이가 투덜거리며 사물함 맨 밑에 깔린 사회 교과서를 살살 잡아당겼다. 교과서가 거의 다 빠져나왔을 때쯤 힘을 살짝 주자 준비물과 책들이 쏟아져 내렸다.

 이런 모습을 할아버지가 봤다면 뭐라고 했을까?

 "이놈아, 이게 다 뭐야? 주변을 깨끗이 해야 공부도 잘된다고 했잖아." 하고 타박하는 할아버지 목소리가 들리는 듯했다.

 하람이는 멍하니 할아버지를 생각하다가 이내 책과 준비물을 주웠다. 그런데 자세히 보니, 그 속에 길쭉한 검은색 상자가 하나 껴 있었다.

"이, 이게 왜?"

뚜껑을 연 하람이는 너무 놀라 상자를 떨어뜨릴 뻔했다. 상자 속에는 할아버지의 시계가 들어 있었다.

사인은 교통사고였다. 갑자기 튀어나온 오토바이를 피하려던 차가 인도로 올라오면서 할아버지를 친 것이다.

엄마는 그때 시계도 함께 없어졌을 거라 했지만, 하람이는 장례식이 끝난 뒤에도 시계를 계속 찾았다. 집을 모두 뒤지고, 사고 현장에 있었던 경찰에게도 물어봤지만 찾을 수 없었다. 하람이는 다른 건 몰라도 그 시계만큼은 꼭 찾고 싶었다. 열네 번째 생일에 물려주겠다고, 할아버지가 약속했던 시계였기 때문이다.

그런데 그 시계가 지금 눈앞에 나타났다.

커다랗고 동그란 할아버지의 시계 안에는 똑같이 생긴 작은 시계가 하나 더 있었다. 시계의 바깥쪽으로는 금색 테두리가 둘러져 있었고, 태엽을 감으면 노랫소리가 흘러나올 것만 같았다. 그 정도로 낡은 시계였다. 하지만 이상하게도 하람이 손에 있는 시계는 새것처럼 보였다.

'엄마가 똑같은 걸로 사 온 걸까?'

하람이는 고개를 저었다. 이 시계는 단종되어 더 이상 구하기 어렵다고 했으니까. 사실 하람이에게는 이 시계가 진짜인지 가짜인지 알아낼 방법이 있었다. 하람이는 시계에 귀를 갖다 댔다.

똑깍똑깍.

"지, 진짜 할아버지 시계잖아?"

하람이는 깜짝 놀라 자리에서 일어났다. 보통의 시곗바늘이 스르르 움직이거나 째깍째깍 소리를 내며 한 칸씩 이동한다면, 할아버지 시계는 좀 더 무거운 소리를 냈다. 언젠가 할아버지가 직접 부품을 갈아 넣다가 어딜 잘못 건드린 탓이었다.

하람이는 떨리는 마음으로 손목에 시계를 찼다. 전에는 조금 헐렁했던 것 같은데, 지금은 맞춤 시계처럼 딱 맞았다.

그때였다.

"김하람!"

언제 왔는지 샛별이가 뒤에 서 있었다.

"아, 깜짝이야!"

"왜 이렇게 놀라?"

"가, 갑자기 네가 뒤에서 나타나니까 그렇지."

하람이가 궁색하게 변명하며 샛별이의 눈치를 봤다.

샛별이는 흔히 말하는 엄친딸이었다. 예쁘고 공부 잘하고 인기가 많기도 했지만, 실제로 엄마 친구의 딸이기도 했다.

하람이가 초등학교 4학년이었을 때 부모님이 이혼했다. 엄마는 원래 살던 곳에서는 살 수 없다며 하람이를 데리고 지금 사는 동네로 이사를 왔다. 여기에는 하람이를 맡길 수 있는 할아버지가 있었고, 오랜 친구인 혜경 이모가 있었다. 하지만 하람이에겐 아무도 없었다. 친구도 없었고, 아빠도 없었다.

'나만 아니었다면 엄마는 홀가분했을 텐데……'

가끔 하람이는 자신이 엄마 등에 매달린 짐 같았다. 자신이 아니라 샛별이 같은 아이가 함께였다면, 엄마도 더 좋아하지 않았을까 싶었다. 그런 생각을 할 때마다 하람이의 마음은 무거워지곤 했다.

"그거 너희 할아버지 시계 아니야?"

샛별이가 시계를 알아보고 말했다. 하람이는 재빨리 손목을 가렸다.

"잃어버렸다고 하지 않았어?"

"어, 어떻게 알았어?"

"내가 너희 집에 대해서 모르는 게 어디 있다고."

샛별이가 이렇게 말할 때마다 하람이는 마치 벌거벗은 기분이 들었다.

그날도 그랬다. 이 동네로 이사 온 날, 하람이가 어른들 몰래 숨어서 울고 있던 날.

"네가 연희 이모 아들이지? 헉, 너 울었어?"

샛별이는 하람이를 기어이 찾아냈었다. 매번, 불편하게, 짜증 나게.

"그냥 비슷한 걸로 하나 샀어."

하람이는 샛별이에게 대충 둘러대기로 했다.

"찾았으면 좋았을 텐데. 사고 장소여서 가기 힘들면 말해. 내가 같이 가 줄게."

"아니야, 나중에. 나중에 도움이 필요하면 말할게."

"도움 필요하면 꼭 말해 주기야. 꼭!"

샛별이는 하람이에게 몇 번이나 대답을 듣고 나서야 자기 자리로 돌아갔다.

2.

할아버지는 사고가 난 날에도 시계를 차고 있었을 것이다. 그 시계를 매일 찼으니까.

도대체 이 시계가 어떻게 사물함에 들어 있던 걸까.

하람이는 교실을 둘러보다가 진수 자리에 시선을 고정했다. 반에서 제일 빨리 오는 진수라면 무언가를 봤을지도 모른다.

하필이면 김진수라니. 물론 샛별이도 불편했지만, 반에서 제일 피하고 싶은 사람을 한 명만 꼽으라고 한다면 김진수였다. 진수는 중학교 입학 첫날부터 다른 반 아이와 싸웠다. 들리는 소문에 따르면, 진수는 다른 동네에서 초등학교를 다녔는데 그곳에서도 말썽을 피우기로 유명했다고 한다.

초등학생에서 중학생이 된다는 것은 학년이 바뀌는 것과는 차원이 다르다. 자신을 둘러싼 모든 게 송두리째 바뀌는 일이다. 그렇게 중요한 날에 사고를 친다고? 하람이는 진수를 이해할 수 없었다.

진수는 자꾸만 엇나갔다. 툭하면 아이들과 싸우고 선생님에게 대들기도 했다. 사태가 걷잡을 수 없이 커질 때쯤 진수의 부모님이 학교에 다녀갔다. 그 뒤로 진수는 언제 그랬냐는 듯이 얌전해졌고, 대부분의 시간을 책상에 엎드린 채 보냈다. 교실에서 진수 자리만 홀로 떨어진 섬처럼 보였다.

하람이도 진수와 대화를 나누어 본 적이 없었다. 갑자기 말을 걸기 망설여졌지만 샛별이가 잠시 교실을 비운 지금, 이보다 좋은 타이밍은 없었다. 하람이는 무거운 발걸음을 옮겼다.

"저, 저기 진수야."

하람이의 부름에 엎드려 있던 진수가 짜증을 내며 몸을 천천히 일으켰다. 하람이는 어쩐지 그 순간이 너무도 길게 느껴졌다.

"그게, 뭐 하나 물어볼 게 있어서. 너 오늘 반에서 제일 일찍 왔지?"

"그래서 뭐? 불만이야?"

"아, 아니. 그런 게 아니라…… 누굴 좀 봤나 해서."

그 순간 진수의 눈이 반짝거렸다. 마치 재미있는 장난감을 발견한 어린아이처럼.

"너, 그 아저씨 때문에 그러는구나?"

"아저씨?"

하람이는 진수가 말하는 아저씨가 바로 사물함에 시계를 넣어 놓은 사람이란 걸 알아차렸다. 하람이가 흥분해 외쳤다.

"설마, 본 거야? 그 아저씨가 내 사물함에 상자를 넣는 걸 봤어? 그런 거야?"

"음, 글쎄."

진수의 시큰둥한 대답에 하람이의 마음이 급해졌다.

"나한테 엄청 중요한 일이란 말이야! 제발 이야기해 줘!"

"내가 말해 주면 넌 뭘 해 줄래?"

무엇을 해 줘야 그 아저씨에 대해 들을 수 있을까? 하람이는 잠시 고민에 빠졌다. 그 순간 엄마가 식탁 위에 올려놓고 간 만 원짜리 지폐 두 장이 생각났다. 이제 할아버지가 밥을 챙겨 줄 수 없으니 뭐라도 사 먹으라고 준 돈이었다. 하람이는 그게 할아버지의 빈자리를 채우기 위한 돈 같아서 싫었다.

그런 생각을 하자 이만 원이 전혀 아깝지 않았다. 하람이는 진수에게 돈을 내밀었다.

"자, 이거면 되지?"

돈을 본 진수가 눈을 치켜떴다.

"이게 누굴 거지로 아나!"

"그럼 뭘 어떻게 해야 알려 줄 건데?"

"네가 차고 있는 그 시계, 나 줘."

"뭘 해 줄래?"라는 말을 들었을 때 잠시 머릿속이 하얘졌다면 지금은 눈앞이 아예 캄캄해졌다.

김진수가 아저씨의 검은 상자를 열어 본 게 틀림없었다. 그렇지 않으면 할아버지의 시계를 달라고 할 이유가 없으니까.

"이 시계는 우리 할아버지 유품이야. 다른 건 다 줘도 이것만은 안 돼."

"아참. 너, 할아버지 돌아가셔서 며칠 동안 안 왔지."

어쩐지 진수의 목소리가 부드러워진 것 같았다. 진수는 팔짱을 끼고 잠시 생각하더니 말했다.

"그럼, 그 아저씨를 찾으면 나한테도 알려 주기. 어때?"

진수가 아저씨를 왜 찾는지 모르겠지만 하람이에게는 나쁘지 않은 제안이었다.

"좋아. 이제 그 아저씨에 대해서 말해 줘."

"음, 일단 우리 동네 사람은 아니야. 그 아저씨, 한 번 보면 절대 잊을 수 없는 얼굴이거든. 일단 키가 멀대같이 커. 그리고 피

부가 엄청나게 하얗다니까. 다크 서클도 무릎까지 내려와 있고……."

"다크 서클이 어떻게 무릎까지 내려와?"

"말이 그렇다는 거지. 너, 까분다?"

"내, 내가? 아, 아니야."

하람이가 손사래를 치며 뒤로 한 발짝 물러났다. 진수는 그 모습에 흡족한 듯 고개를 끄덕이더니 말을 이어 나갔다.

"회색 추리닝을 입었어. 왜, 멋있는 추리닝이 아니라 백수들이 입을 법한 추리닝 있잖아. 게다가 맨발에 슬리퍼."

이야기를 다 들은 하람이가 애매하다는 표정을 지었다. 특징이라면 특징이겠지만, 이것만으로는 아저씨를 찾기 어려웠다.

"또 기억나는 거 없어?"

"다른 거?"

진수는 생각이 날 듯 나지 않는 듯 자신의 머리카락을 쥐어뜯었다.

"아! 그 아저씨가 지나갈 때 그 냄새가 났어. 왜, 제사 지낼 때 나는 냄새 있잖아."

"제사 지낼 때 나는 냄새? 혹시 향냄새를 말하는 거야?"

"맞아! 향냄새!"

진수와 하람이의 대화는 여기서 끝이 났다. 더 이상 진수에게서 알아낼 것은 없어 보였다.

3.

"오늘은 여기까지."

종소리에 선생님이 책을 덮으며 말했다. 오늘은 단축 수업이라 평소보다 한 시간 일찍 끝났다. 하람이는 벽시계를 보다가 손목에 시계가 있다는 걸 알아차렸다. 어쩐지 아직은 익숙해지지 않았다.

"야, 학원 가기 전에 게임 한판 콜?"

"당연히 콜이지!"

하람이는 서로 엉켜서 교실을 빠져나가는 남자아이들을 부러운 눈으로 쳐다봤다. 초등학생 때는 다 같이 어울려 노는 분위기라 딱히 노력하지 않아도 괜찮았다. 하지만 중학생이 되면서 무리에 끼기가 쉽지 않았다.

하람이는 가방끈을 꽉 움켜쥔 채로 혼자 교실을 나섰다. 학교를 벗어나자마자 숨을 크게 들이쉬었다가 내뱉었다.

그래도 학교에서는 괜찮았다. 할아버지가 없어도 이상하지 않은 곳이니까. 하지만 학교에서 집까지 가는 길은 아니었다. 하람이가 다닌 초등학교는 지금의 중학교 근처에 있었고, 할아버지는 매일같이 하람이를 마중 나오곤 했었다. 중학생이 되어서도 마찬가지였다.

'할아버지, 나 이제 중학생이거든? 내가 아직도 앤 줄 알아?'

툴툴거리긴 했지만 사실 싫지 않았다. 하람이에게 할아버지는 바쁜 엄마 대신이고, 연락이 없는 아빠 대신이고, 어떤 땐 친구 대신이었으니까.

하람이는 비틀거리며 걸었다. 몸의 균형을 잡는 달팽이관이 사라져 버린 기분이었다.

빠앙!

클랙슨 소리에 놀라 돌아보니, 잔뜩 화가 난 운전자가 하람이를 노려보고 있었다.

"야! 똑바로 안 다녀? 사고라고 나면 어쩌려고 그래?"

"죄, 죄송합니다."

그 순간 하람이의 눈에서 눈물이 후두두 떨어졌다.

운전자 뒤로 놀이터와 슈퍼마켓이 보였다. 할아버지와 함께 놀이터에서 놀거나 슈퍼마켓에서 아이스크림을 사 먹었던 기억이 떠올랐다. 어느 곳 하나 추억이 없는 장소가 없었다.

"아니, 내가 울리려고 그런 게 아니라……."

운전자는 당황한 눈치였다.

"내 말은 그러니까, 조심해서 다니란 말이지. 사고라도 나면 큰일이잖아."

운전자는 변명하듯 말하고는 서둘러 자리를 떴다. 주위에 몰려 있던 사람들도 신호등이 초록불로 바뀌자 하나둘 떠나갔다.

"할아버지 미워……. 백 살까지 살 거라고 했잖아……. 나랑 계속 같이 있어 준다고 했잖아."

신호등 색깔이 바뀌었다. 초록불, 빨간불, 초록불, 빨간불, 초록불 또 빨간불. 그리고 또 초록불. 빨간불, 초록불. 또. 또. 또…….

하람이는 신호등이 여러 번 바뀔 동안 자리에 주저앉아 어린아이처럼 엉엉 울었다. 할아버지가 떠난 뒤로 이렇게 운 건 처음이었다.

"너한테는 할아버지가 돌아가신 거겠지만, 너희 엄마는 하나뿐인 아버지를 잃은 거야. 그러니 엄마 앞에서 의젓하게 행동해야지."

먼 친척쯤 되는 아주머니가 이렇게 말했지만, 하람이에게도

할아버지는 하나뿐이었다.

한참을 울고 나자 뒤늦게 부끄러움이 몰려왔다. 초등학생 아이들이 울고 있는 하람이를 힐끗거리며 지나간 것도 같았다.

"몇 시쯤 됐지?"

하람이가 손목에 있는 시계를 확인했다.

"헉, 7시 29분?"

잘못 봤나 싶어 다시 봤지만 역시 저녁 7시 29분이었다. 학교에서 나온 게 3시쯤인데 벌써 네 시간이나 지났다고? 하람이는 손목에 차고 있던 시계를 풀었다. 그때였다.

똑깍똑깍.

시계에서 소리가 나는 건 당연한 일이었다. 그런데 그 소리가 점점 커지고 있다면? 점차 커진 소리는 건널목 건너편까지 퍼질 정도였다. 또 하나 이상한 건, 주위에 아무도 없다는 것이었다. 저녁 시간이긴 했지만 이 근방은 이렇게 인적이 드문 곳이 아니었다. 온몸에 소름이 돋았다.

하람이는 신호가 바뀌자마자 길을 건넜다. 시계 소리가 뚝 그쳤다. 그러나 사거리 쪽으로 가기 위해 방향을 트는 순간, 시계가 또다시 소리를 내며 시끄럽게 울었다.

"따라오라는 거야?"

마치 시계가 소리로 방향을 알려 주는 것 같았다. 께름칙한 기분이 드는 것도 잠시, 정신없이 시계 소리를 따라가다 보니 골목길이 하나 나왔다. 집으로 가는 지름길이긴 하지만 가로등도 없고 으슥해 잘 가지 않는 길이었다. 게다가 6학년 때 같은 반이었던 혜영이는 이 골목에서 귀신을 봤다고 했다.

꼴깍.

침 삼키는 소리가 귓가에 천둥처럼 들렸다.

평소라면 모험 같은 건 절대 하지 않았을 하람이었다. 하지만 오늘은 조금 달랐다. 할아버지 시계가 돌아왔다. 그것도 깨끗한 상태로 수리되어서. 게다가 수상한 아저씨까지. 이 정도면 오늘은 모험을 할 만한 날이다.

하람이가 골목에 들어선 지 오 분쯤 되었을까? 갈림길이 나왔다. 잠시 고민하던 하람이가 오른쪽을 향해 몸을 돌리자 돌연 시계 소리가 멈추었다. 마치 제 역할은 여기까지라고 말하듯.

그때 하람이 눈앞에 낯선 건물 하나가 불쑥 나타났다. 건물 입구에 작은 간판이 보였다.

무엇이든 배달해 드립니다.
【단, 밤이슬만! 잡상인 금지! 신문 넣지 마시오!】

4.

　가게 안은 밤인 듯 깜깜했다. 별을 따다 놓은 것처럼 천장에서 바닥으로 길게 늘어진 은하수 등이 아니었다면 넘어질지도 모를 일이었다. 안으로 들어서자 오른쪽에는 물건을 놓는 진열장이, 문과 마주 보는 자리에는 책상이 놓여 있었다. 더 안쪽에는 긴 커튼이 쳐져 있었는데, 아마도 주인의 공간인 것 같았다.
　"저기요."
　하람이가 조심스럽게 불렀지만 아무런 대답이 없었다.
　"아무도 안 계세요?"
　다시 목소리를 내며 가게 안쪽으로 발걸음을 옮겼다. 집게손가락으로 커튼을 살짝 잡아 젖히려는 순간, 커튼이 촤라락 소리를 내며 열렸다.
　가게 주인으로 보이는 남자는 고개를 들고 봐야 할 정도로 큰 키에 얼굴은 창백하리만치 새하얬다. 자다 일어났는지 머리는 부스스했고, 무릎이 살짝 나온 추리닝 바지에 목이 늘어난 티셔츠 차림이었다.

"네가 김하람이지?"

"그, 그런데요. 절 어떻게 아세요?"

"그거야, 내가 널 여기로 불렀으니까 그렇지."

'날 이곳으로 불렀다고? 나는 그냥 시계 소리가 안내하는 곳으로 온 것뿐인데······.'

하람이가 의심하며 남자에게 한 발자국 다가갔을 때였다. 어디선가 바람이 휘 불어왔다.

'향냄새?'

분명 향냄새였다. 할아버지 장례식장에서 사흘 내내 맡았던 그 냄새. 하람이는 눈앞에 있는 남자를 다시 살폈다. 이제야 남자의 인상착의가 눈에 들어왔다. 진수가 말한 그대로였다.

"아저씨죠? 아저씨가 우리 할아버지 시계를 제 사물함에 갖다 놓은 거죠?"

남자는 아무 말 없이 고개만 까딱거리고는 조개처럼 입을 꾹 닫았다. 하람이는 초조했다. 남자에게 묻고 싶은 게 많은데 무엇부터 물어야 할지 몰랐다. 하지만 누가 뭐라 해도 첫 번째 질문은 이것이었다.

"이 시계, 어디서 났어요?"

"네 할아버지가 줬어. 너한테 전해 주라면서."

하람이는 남자의 말을 이해할 수 없었다.

할아버지가 돌아가시기 전에 여기에 왔다는 말일까? 그럼 할아버지는 당신이 죽을 걸 미리 알고 있었던 걸까? 하람이 머릿속에서 여러 가지 생각이 꼬리에 꼬리를 물었다. 생각을 읽기라도 한 듯 남자가 씨익 웃었다.

"이 가게는 밤이슬만 올 수 있는 가게거든."

"밤이슬이요? 그게 뭔데요?"

"뭐긴, 죽은 사람이 밤이슬이지. 산 사람들은 여기 못 들어와."

"나, 나는 들어왔는데요?"

"그거야, 너는 내가 특별히 허락해서 들어온 거지. 시계가 7시 29분을 가리켰지? 그건 해가 지는 시간, 즉 밤이슬들의 시간이야. 산 사람인 넌 시계가 그 시간을 가리켜야만 이곳에 들어올 수 있는 거라고."

그의 말대로라면 할아버지는 사고 이후 밤이슬이 되어 이 가게에 왔다는 거다.

"그걸 나보고 믿으라고요? 이래 보여도 저, 중학생이거든요?"

"믿든 안 믿든 그건 네 자유지만, 내가 널 여기로 부른 건 네 할아버지가 남긴 말 때문이야."

갑작스러운 교통사고였기에, 하람이는 할아버지와 작별 인사조차 나누지 못했다. 그런 할아버지가 남긴 말이라면 유언이나 다름없었다.

"우리 할아버지가 뭐라고 했는데요?"

하람이가 긴장한 표정으로 남자의 말을 기다렸다.

"밥은 먹었냐? 요즘도 급식 잘 나와?"

"대체로 그렇긴 한데, 수요일이 특히 맛있어요. 이, 이게 아닌데……."

"어제는 잘 잤어? 애들은 잠을 잘 자야 해."

이번에는 대답하지 않았다. 남자가 자기를 놀리고 있다고 생각했기 때문이었다.

"너, 반에 친구는 있냐? 너희 할아버지 말로는 친구도 없는 것 같던데. 그게 나쁜 건 아니지만, 마음을 나눌 친구 하나 정도는 있는 게 좋지."

"장난치지 말고요! 우리 할아버지가 뭐라고 했냐고요!"

하람이가 소리쳤다. 하지만 장난을 치고 있다고 하기에는 남자의 얼굴이 진지해 보였다.

"거짓말! 할아버지가 마지막으로 남긴 말이 겨우 그런 말일 리가 없어!"

"네 할아버지한테는 그런 게 중요했나 보지. 네가 밥은 잘 먹는지, 잠은 잘 자는지, 친구는 생겼는지."

사실은 하람이도 알고 있었다. 할아버지가 평소에 늘 하던 말들이었으니까.

눈물이 뺨을 타고 흘러내렸다. 아까 실컷 울어서 더 이상 흘릴 눈물이 없을 거라 생각했는데 아니었다. 몸 안에 깊은 우물이라도 생긴 걸까.

남자는 우는 하람이를 달래지도, 그렇다고 어떤 말을 하지도 않았다. 그 대신 하람이 앞에 김이 모락모락 나는 코코아 한 잔을 놓았다.

'이 코코아도 내가 좋아하는 건데. 할아버지가 알려 준 걸까? 정말 그런 걸까?'

이제는 믿을 수밖에 없었다. 할아버지가 죽었고, 또 이곳에 다녀갔다는 사실을.

따뜻한 코코아 한 잔을 다 마시자 속이 든든해지면서 엉뚱한 생각이 들었다. 평소 같으면 절대 하지 않았을 말이었지만, 오늘은 할 수 있을 것 같았다.

'여기 있으면 할아버지를 다시 만날 수 있을지도 몰라.'

결심이 선 하람이는 남자에게 한 발짝 다가갔다.

"아저씨, 저 여기서 일하면 안 돼요?"

"뭐?"

남자가 놀라 입을 뻐끔거렸다. 하람이는 어쩐지 통쾌한 기분이 들었다.

"여기서 일하게 해 주세요. 할아버지를 만나서 꼭 해야 할 말이 있단 말이에요."

"안 돼!"

"왜요? 왜 안 되는데요?"

"안 된다면 안 되는 줄 알아!"

하람이가 구석에 세워 둔 빗자루와 쓰레받기를 가져와 바닥을 쓸기 시작했다.

"저 청소 잘하죠? 여기서 일하게 해 주시면 절대 후회 안 하실걸요?"

그때 하람이를 지켜보던 남자의 눈이 커졌다. 남자가 다가와 하람이의 팔을 낚아챘다.

"이거 놔요! 절대 안 나가요!"

남자의 입에서 나온 건 뜻밖의 말이었다.

"이 흉터, 언제부터 있었던 거야?"

남자의 시선은 하람이의 오른팔에 있는 우리나라 지도 모양의 흉터에 꽂혀 있었다.

"태어난 지 얼마 안 됐을 때 생겼을걸요? 엄마 말로는 뜨거운 주전자에 데었대요."

남자는 한동안 아무 말도 하지 않았다. 분명 뭔가를 골똘히 생각하는 것 같았는데, 그게 뭔지는 알 수 없었다.

"좋아. 여기에서 일해."

"진짜요?"

마음이 왜 바뀐 건지, 흉터에 대해선 왜 물었는지는 천천히 알아도 될 문제였다.

"그런데 한 가지 확실히 알아 둘 게 있어."

"그게 뭔데요?"

"여기는 배달을 해 주는 가게라는 거."

"알아요. 들어오면서 봤거든요."

사실 하람이의 귀에는 남자가 하는 말이 잘 들어오지 않았다. 그냥 가게에서 일할 수 있게 되었다는 사실에 안심했을 뿐.

남자가 짐짓 음흉한 미소를 지으며 덧붙였다.

"무엇이든 배달해 주는 가게라는 걸 명심하는 게 좋을 거야."

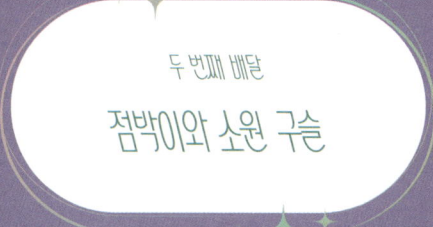

두 번째 배달
점박이와 소원 구슬

1.

 이후로 하람이는 학교를 마치면 곧장 가게로 갔다. 일주일 동안 관찰한 주인아저씨는 백수처럼 보였다. 하람이네 삼촌도 잠깐 회사를 그만두고 쉴 때 그런 모습이었다. 부스스한 머리에 늘어진 추리닝, 낮밤이 바뀐 생활까지. 배달하는 가게라고 하더니 배달은커녕 일주일째 밤이슬 하나 보지 못했다.

 그런데 오늘은 웬일로 아저씨가 깨어 있는 게 아닌가. 게다가 검은색 재킷에 잘 다려진 양복바지 차림이었다.

 "아저씨, 무슨 일 있어요?"

 "손님이 올 거야. 그것도 아주 귀한 손님."

 "귀한 손님이요?"

 그 순간 하람이는 아저씨가 말하는 손님이 밤이슬, 즉 죽은 존재를 뜻한다는 걸 알아차렸다. 머릿속에 새하얀 소복을 입고 얼굴이 보이지 않을 정도로 기다란 머리카락을 늘어뜨린 채 입가에 새빨간 피를 주르륵 흘리는 모습이 스쳐 갔다.

 그때 딸랑, 가게 종이 울렸다. 하람이는 얼른 아저씨의 옷자

락을 잡았다.

"쫄았냐?"

"쪼, 쫄긴 누가 쫄았다고 그래요?"

하람이는 아저씨의 옷자락을 슬그머니 놓았다. 하지만 아무리 기다려도 밤이슬은 나타나지 않았다.

"밤이슬은 어디에 있어요?"

"저어기 왔잖아."

아저씨가 가리키는 곳에 뭔가가 있긴 했다. 복슬복슬하고 기다란 꼬리를 가진 그것. 하람이가 늘 키우고 싶어 했지만, 엄마의 반대에 부딪혀 키우지 못한 그것이었다.

"야옹, 야옹."

두 마리 고양이가 가게 입구에 앉아 있었다. 큰 고양이는 흰색과 검은색, 노란색 털이 뒤섞여 있었고, 작은 고양이는 흰털에 눈 쪽에만 커다란 점이 콕 박혀 있었다.

"제가 고양이를 좋아하긴 하는데……. 저 고양이들이 왜 특별한 손님이에요?"

"저 삼색이는 소원을 들어주는 고양이니까."

아저씨가 큰 고양이를 가리키며 말했다. 삼색이는 몸이 뿌옇

게 흐린 걸 보아 이미 죽은 상태인 듯했다. 하지만 그것 빼고는 별로 특별할 게 없어 보였다.

"평범해 보여도 수컷 삼색 고양이가 태어날 확률은 삼만분의 일이야."

"네? 삼만분의 일이요?"

"그래. 그래서 다른 나라에서는 수컷 삼색 고양이를 '행운 고양이'라고 부르기도 하지."

아저씨 말을 들은 하람이가 고개를 갸웃거렸다.

"수컷 삼색 고양이가 드물게 태어난다는 건 알겠어요. 그런데 이 고양이가 어떻게 소원을 들어준다는 거예요?"

"수컷 삼색 고양이는 새끼를 가질 수 없거든. 이걸 불쌍히 여긴 하늘에서 소원 구슬을 함께 내려보낸 거야."

하람이는 삼색이의 슬픔을 어렴풋이 알 것 같았다. 하람이네 이모도 아기를 갖기 위해 병원에 다녔었는데, 그때 이모는 한동안 얼굴빛이 좋지 않았다.

"그럼 삼색이 옆에 있는 점박이 고양이는 누구예요?"

하람이가 묻자 아저씨가 대답했다.

"그거야, 삼색이 딸이지."

"새끼를 가질 수 없다면서요? 그런데 딸이요?"

하람이는 곧 스스로 답을 찾았다. 이모는 노력했지만 결국 아이를 가질 수 없었다. 그래서 아기를 입양했다. 아기는 이모가 낳지 않았는데도 신기하게 이모와 똑 닮았다.

'새끼를 낳을 수 없는 삼색이가 점박이를 데려와서 키운 거야……. 하지만 삼색이는 죽고, 점박이는 살았잖아?'

하람이는 밤이슬이 된 삼색이가 여기에 온 이유를 알 것 같았다.

"안 돼! 난 못 키워! 저번에도 안 된다고 했잖아!"

"냐야옹. 야옹, 야옹! 냥냥냥냥냥!"

삼색이가 아저씨에게 새끼 고양이를 맡아 달라고 한 게 처음이 아닌 모양이었다.

"글쎄, 내가 왜 못 키우냐면……."

아저씨는 무슨 말을 하려다 말고 하람이를 쳐다보았다.

"좋아. 그 대신에 점박이에게 좋은 가족을 찾아 줄게. 그럼 됐지?"

"야아옹."

대화를 마친 듯한 아저씨와 삼색이가 하람이를 뚫어지게 쳐다보았다.

"왜 그렇게 쳐다봐요? 난 못 키워요! 우리 엄마가 동물을 얼마나 싫어하는데요!"

"누가 너보고 키우래?"

"그럼요?"

"네가 점박이에게 좋은 가족을 찾아 줘야지."

그 순간 하람이의 머릿속에 가게 앞 문구가 떠올랐다.

"여기는 배달만 하는 가게라면서요?"

"점박이를 좋은 가족에게 배달하는 거지. 우린 무엇이든 배달해 주는 가게니까."

'무엇이든'이 그런 뜻이었다니. 하람이는 어쩐지 사기당한 기분이 들었다.

아저씨가 하람이에게 주먹만 한 구슬을 하나 내밀었다. 모양은 문구점에서 파는 구슬과 비슷했는데, 만져 보니 갓 낳은 달걀처럼 따끈따끈했다. 아저씨가 말했다.

"삼색이가 누구든 점박이를 맡아 주는 사람에게 이 소원 구슬을 주래."

2.

하람이는 현관문과 케이지를 번갈아 쳐다보았다. 엄마가 보면 당장에 내다 버리라고 할지도 모른다. 그래도 계속 키울 건 아니니까 괜찮지 않을까? 엄마는 평소에 밤 10시가 다 되어 들어오기 때문에 아직까지는 시간이 있었다.

하지만 현관에 들어선 순간, 하람이의 계획은 산산조각 났다. 현관에는 엄마의 까만색 구두가 가지런히 놓여 있었다.

하람이는 점박이를 숨겨서 방으로 들어갈 참이었다. 엄마는 방에 혼자 있는 시간이 많은 데다 늘 하람이보다 빨리 나가고 늦게 들어오니 당분간은 들키지 않을 것 같았다.

"왔니?"

하람이의 두 번째 계획마저 깨져 버렸다. 엄마가 거실 소파에 떡하니 앉아 있었던 것이다.

"손에 든 게 뭐니?"

"네? 그게……."

그때 케이지 안에서 점박이가 울었다.

"야옹."

"설마 고양이니? 말도 안 하고 덜컥 데려오면 어떡해?"

"제가 키우려는 게 아니라 주인을 찾아 줄 거예요. 샛별이도 잘하면 키울 수 있을 것 같다고 했고요."

거짓말을 하려던 건 아니었는데 불쑥 말이 튀어나왔다. 엄마는 샛별이를 좋아하니까. 엄마는 샛별이를 볼 때면 공부도 잘하는 데다 예쁘고 성격도 좋다며 부러움을 감추지 않았다.

"하여튼 샛별이라니까 믿고 넘어가는 거야. 주인 꼭 빨리 찾아 줘."

'저것 봐. 샛별이만 좋아하잖아.'

하람이는 대답도 하지 않고 방으로 들어왔다.

엄마와 어긋나기 시작한 게 언제부터였는지 모르겠다. 굳이 따지자면 엄마와 아빠가 이혼하기 일 년 전부터였을 것이다. 당시 엄마와 아빠는 당장 세상이 끝날 것처럼 싸우고 또 싸웠다.

"저럴 거면 차라리 이혼이나 했으면 좋겠다니까."

친구에게 무심코 한 말이었는데, 엄마와 아빠는 얼마 뒤 진짜로 이혼했다.

어렸을 땐 엄마 아빠의 이혼이 전부 제 탓 같았다. 하지만 중학생이 된 지금은 자기 때문만은 아니란 걸 알고 있다. 그래도 엄마 아빠에게 자신이 짐이란 생각을 지우기란 어려웠다.

그런 하람이에게 할아버지는 유일한 안식처였다.

하람이는 헛헛한 마음에 할아버지가 자던 자리에 누웠다.

"야옹, 야옹."

케이지 안에서 점박이의 울음소리가 들려왔다. 점박이가 있다는 것도 깜빡하고 있었다.

"아차, 미안. 이제 나와도 돼."

점박이는 잔뜩 경계하는 얼굴로 털을 세웠다. 하람이가 꺼내려고 하자, 바닥을 긁으며 나오기를 거부했다.

"알았어. 너 나오고 싶을 때 나와."

하람이는 점박이 앞에 물과 사료를 놓아 줬지만, 점박이는 입에도 대지 않았다. 계속해서 울 뿐이었다.

"왜 그러는데? 어디 아픈 거야?"

고양이가 대답할 수 있을 리 없었다.

"아저씨는 삼색이하고 잘만 이야기하던데. 아저씨한테 데리고 가야 하나?"

그러자 하람이 머릿속에 아저씨가 자신을 타박하는 모습이 떠올랐다.

'데리고 간 지 십 분도 안 돼서 도로 데리고 와? 넌 해고야!'

하람이는 불길한 상상을 쫓아내려 고개를 세차게 흔들었다.

"야옹, 야옹."

점박이가 또 울었다. 삼색이가 그리워 우는지도 모른다.

"슬퍼서 그런 거야?"

"야옹."

"너도 삼색이가 죽어서 슬프지? 나도 할아버지가 죽어서 너무 슬퍼."

그러자 이제까지 케이지 안에서 꼼짝도 하지 않던 점박이가 하람이 곁으로 천천히 다가와 몸을 비비기 시작했다. 보드랍고 따뜻한 털이 느껴졌다.

'이상해. 할아버지가 없는 이 방은 너무 크고 낯설게 느껴졌는데……'

작은 털 뭉치 하나에 텅 빈 방이 가득 채워졌다. 하람이와 점박이는 몸을 꼭 맞댄 채 스르륵 잠이 들었다.

3.

"그러니까, 하람이 네 말은 새끼 고양이를 맡아 달라는 거잖아."

"맞아."

하람이는 샛별이가 뭐라고 대답할지 조마조마했다. 샛별이가 맡아 줬으면 좋겠다가도 안 된다고 했으면 좋겠다는 생각이 동시에 들었다.

혜경 이모는 이 동네에서 '고양이 회장님'으로 통했다. 동네에서 딱 하나뿐인 동물병원을 운영하면서 길고양이들을 두루두루 보살피기 때문이다. 보통 집고양이들의 수명이 12년에서 20년 사이라면, 회장님네 고양이 달콩이는 벌써 스물다섯 살을 넘겼다. 이모가 샛별이만 할 때 키우기 시작해서 지금까지 키우고 있다는 말씀. 그렇다면 고양이 회장님의 딸인 샛별이는 고양이 사장님쯤 되지 않을까?

하람이는 점박이를 키우고 싶었지만 자신이 없었다.

"그건 좀 곤란하겠는데. 우리 집에서 돌보는 고양이만 해도 벌써 일곱 마리야. 숫자를 더 늘렸다가는 이미 있는 고양이들도 제대로 못 돌볼 거야. 달콩이도 나이가 너무 많고."

고양이 사장님다운 말이었다. 평소에도 똑부러진 샛별이었지만, 고양이 이야기가 나오면 더 그랬다.

"그러지 말고 하람이 네가 키우면 어때? 들어 보니까 너랑 점박이가 이미 서로를 의지하는 것 같은데."

하람이와 점박이의 처지가 비슷하다는 이야기로 들렸다. 사실 점박이가 있어 의지가 되긴 했다.

"나도 그러고 싶긴 한데, 우리 엄마가 동물이라면 딱 질색하잖아. 엄마한테 짐은 나 하나면 충분해."

"네가 왜 이모한테 짐이야?"

"샛별이 넌 몰라."

"내가 뭘 모르는데?"

아무도 날 원하지 않는다는 거.

이것만큼은 샛별이에게 들키고 싶지 않았다. 샛별이는 입을 꾹 닫고 있는 하람이를 보더니 한숨을 푹 내쉬었다.

"알았어. 우리 집은 안 되지만, 찾아 보면 맡아 줄 곳이 있을 거야. 일단 기본적인 검사는 해야 하니까 우리 병원으로 가자."

샛별이와 약속하고 교실로 돌아가려던 때였다. 누군가 하람이 앞을 가로막았다.

"너 얼굴 보기 힘들다? 나 피하냐?"

진수였다.

"피, 피하긴. 아니야. 자리가 멀어서 그런가?"

하람이가 어색하게 웃으며 딴청을 피웠지만, 진수 말이 맞았다. 하람이는 진수에게 아저씨와 가게에 대해 말할 생각이 없었다.

'진수가 어떤 이유로 아저씨를 찾는지도 모르잖아? 내가 말한 걸 알고 아저씨가 가게를 그만두라고 하면 어떡해? 그 아저씨는 그러고도 남을 사람이야.'

"설마 그 사람을 찾았으면서 말 안 한 건 아니지?"

"아니야. 못 찾았어."

하람이의 대답에 진수는 실망한 듯 어깨를 축 늘어뜨렸다. 예전에는 전교에서 제일 사나운 아이처럼 보였는데, 지금은 세상에서 제일 기운 없는 아이처럼 보였다.

하람이는 진수가 왜 아저씨를 찾는지 궁금해졌다.

"근데 그 아저씨는 왜 찾는 거야?"

"그 아저씨가 너희 할아버지 유품을 찾아 준 거잖아. 나도 그 아저씨한테 부탁하고 싶은 게 있어."

진수가 쓸쓸한 얼굴로 대답했다. 하람이는 자기도 모르게 중얼거렸다.

"아저씨는 밤이슬 부탁만 들어주는데……."

"방금 뭐라고 했어?"

"아, 아무 말도 안 했는데……."

"밤이슬 어쩌고 했잖아?"

진수는 당장이라도 하람이를 때릴 듯이 달려들었다.

"그 아저씨를 찾은 거지? 빨리 말 안 해?"

하람이는 또 마음속에 있는 말들이 튀어나올까 봐 두 손으로 입을 막았다.

"이 자식, 진짜 죽을래?"

순식간에 진수가 하람이의 멱살을 잡아챘다. 하람이는 두 눈을 질끈 감았다.

하지만 웬일인지 한참 기다려도 주먹이 날아오지 않았다. 하람이는 한쪽 눈을 살며시 떴다. 문 앞에 선생님과 샛별이가 보였다. 샛별이가 그사이에 선생님을 불러온 것이다.

"김진수, 교무실로 따라와!"

난리를 칠 줄 알았는데, 진수는 의외로 잠자코 선생님을 따라나섰다.

'따지고 보면 내가 약속을 안 지킨 건데…….'

미안한 마음도 잠시, 어느새 다른 걱정이 고개를 들었다.

'설마 진수가 선생님한테 그동안 있었던 일을 말하는 건 아니겠지?'

다행히 교무실에서 돌아온 선생님은 별말이 없었고 진수는 수업 시간 내내 엎드려 있었다. 그리고 수업이 끝날 때까지 아무 일도 일어나지 않았다.

원하는 대로 됐는데도, 하람이는 왠지 가슴이 답답했다.

현관에 까만색 구두만 가지런히 놓여 있을 뿐 엄마는 보이지 않았다. 하람이는 엄마를 부를까 하다가 관뒀다. 지금은 그럴 기분이 아니었다. 낮에 진수와 다툰 일과 점박이를 샛별이네 병원에 맡긴 일로 머리가 아팠다.

"애용, 애용."

점박이도 곧 하람이와 헤어져야 한다는 사실을 눈치챈 걸까? 동물병원에서 울던 점박이는 마치 "가지 마." 하고 말하는 것 같았다.

혜경 이모는 기본 검사를 마치고 나면 점박이를 좋은 주인에게 입양 보낼 거라 했다. 그럼 하람이의 첫 번째 배달도 성공적으로 끝난다. 하지만 할아버지도 없고 점박이도 없는 집은 너무 썰렁해서 앞으로는 더 들어오기 싫을 것 같았다.

"왔니?"

화장실에서 나온 엄마가 고개를 푹 숙이고 있었다. 언뜻 보이는 엄마의 눈과 코가 빨갰다.

'설마 운 거야? 엄마는 눈물 같은 건 없을 줄 알았는데…….'

엄마는 아빠와 이혼할 때도, 할아버지가 떠났을 때도 울지 않았다. 하람이는 그런 엄마의 눈물이 낯설었다.

"혜경이네 병원에 다녀왔다면서?"

"점박이를 입양 보내려면 기본 검진이랑 예방 접종을 받아야 한다고 해서요."

하람이는 엄마와 눈을 마주치지 않은 채 말했다. 얼른 방으로 도망치고 싶은 생각뿐이었다. 어쩐지 엄청 미워하고 무서워하던 악당의 민낯을 본 기분이었다.

방으로 들어가려는 하람이의 팔을 엄마가 잡았다.

"하람아, 잠깐만. 이야기 좀 해."

"무슨 일인데요?"

"샛별이한테 들었어. 네가 나한테 왜 짐이야?"

엄마의 얼굴이 일그러졌다. 화를 내는 건 아니었다. 그보다는 오히려 좀 슬퍼 보였다.

"언제부터 그렇게 생각했던 거야?"

"잘…… 모르겠어요."

정말 잘 모르겠다. 엄마와 아빠가 이혼한 건 초등학교 4학년 때였지만, 싸우기 시작한 건 3학년 때부터였다. 아니, 기억나는 게 그쯤일 뿐 더 오래되었을지도 모른다.

"도대체 왜 그렇게 생각한 거야?"

하람이는 한참을 망설였다. 속마음을 말하는 게 나을지 아니면 가만히 묻어 두는 게 나을지 알 수가 없었다. 하지만 곧 결심한 듯 소리쳤다.

"엄마 아빠 아무도 날 원하지 않았잖아요. 혜경이 이모랑 통화하는 거 다 들었어요. 통화할 때마다 '하람이만 아니면, 하람이만 아니면.' 했잖아요."

"그건 하람이 네가 제일 중요하니까 이것저것 고려한다고 그런 거야."

"거짓말! 그럼 엄마는 여기에 온 뒤로 왜 할아버지한테만 날 맡겨 뒀어요? 아빠는 왜 연락도 없는데요?"

"나는 너무 오랜만에 일하게 돼서 적응하느라 정신이 없었잖아. 그리고 네 아빠는……."

엄마는 잠시 고민하더니, 방으로 들어가 웬 커다란 상자 하나를 들고 왔다. 그 안에는 편지봉투 꾸러미와 크고 작은 박스가 담겨 있었다.

"네 아빠가 보낸 거야."

봉투마다 영어 주소가 쓰여 있었다.

"지금 해외에 있어. 계속 널 보내라고 하잖니. 그곳에서 공부를 시키겠다면서."

엄마는 기어들어 가는 목소리로 하람이가 아빠를 따라 해외로 갈까 봐 편지와 소포들을 숨겨 왔다고 털어놓았다.

"일부러 그런 건 아니야. 네가 좀 더 크면 네 마음을 물어보고 아빠 있는 데로 보내 주려 했어. 하람이 네가 그런 생각을 하고 있는 줄 알았으면 숨기지 않았을 거야."

하람이는 화가 나기보다는 허탈했다.

"내가 그동안 얼마나 마음을 졸였는데……."

부모님이 이혼한 뒤로 하람이는 종종 악몽을 꿨다. 꿈에서 엄마는 커다란 가방을 든 채 하람이를 지나쳐 갔다. 엄마를 쫓아 아무리 달려도 따라잡을 수 없었다. 하람이는 누구에게도 꿈 이야기를 하지 못했다. 말해 버리면 현실이 되어 버릴까 봐.

엄마의 눈시울이 다시 빨개졌다. 하람이도 눈물이 나려는 걸 꾹 참았다.

"하지만 하람아, 네가 생각하는 그런 게 아니야. 우리가 너를

얼마나 사랑하는데."

사랑이라는 말을 듣자 몸이 간질거리는 것 같았다. 하늘 위로 붕 뜨는 기분이 들기도 했다.

"앞으로 일찍 들어오시면 안 돼요? 할아버지도 없는데…… 혼자 밥 먹기 싫어요."

"안 그래도 오늘부터 하람이 너랑 같이 저녁 먹으려고 일찍 들어왔어. 너 좋아하는 달걀말이도 해 놨고."

"내일은 된장찌개도 해 주세요."

"그럼, 해 주고말고. 우리 주말에 어디 놀러라도 갈까?"

고개를 끄덕인 하람이는 조심스레 말했다.

"그리고 점박이요. 제가 키우면 안 돼요?"

"고양이는 털도 많이 날리고, 똥도 싸는데……."

"점박이는 화장실도 잘 가리고 똑똑해요!"

엄마는 잠깐 생각하더니 말을 이었다.

"그 대신, 하람이 네가 책임지고 돌보는 거야."

"그럼요! 당연하죠!"

하람이는 핸드폰에서 샛별이 이름을 찾기 시작했다. 이 기쁜 소식을 샛별이에게 맨 먼저 알려야 할 것 같았다.

그때 공교롭게도 핸드폰 화면에 샛별이 이름이 떴다. 곧바로 전화를 받자 샛별이의 다급한 목소리가 들려왔다.

"하람아, 큰일 났어! 점박이가 사라졌어!"

"뭐?"

검사를 하기 위해 케이지 문을 잠깐 열어 놓은 사이 점박이가 병원을 뛰쳐나갔다고 했다.

하람이는 점박이가 좋아하던 물건을 급히 챙기며 나갈 준비를 했다.

"엄마, 저 샛별이네 병원에 좀 갔다 올게요."

"이 시간에? 너무 늦었으니까 같이 가자."

마음이 급한 하람이는 엄마가 옷을 가지러 간 사이를 참지 못하고 현관문을 열었다. 얼마나 급했던지 한쪽에는 흰색 운동화를, 다른 한쪽에는 검은색 운동화를 신은 채였다.

"애애옹. 애애옹."

환청이 다 들렸다. 그런데 소리가 멈추지 않는다. 설마 하는 마음에 하람이는 소리가 나는 아래로 고개를 숙였다. 발밑에 작고 하얀 털 뭉치가 앉아 있었다. 눈가에 박힌 점이 보였다.

"점박아!"

"야옹옹옹 야옹."

하람이 귀에는 왜 그 소리가 "다녀왔습니다."로 들리는지 모를 일이었다.

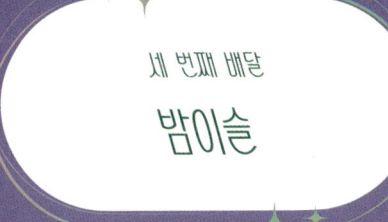

세 번째 배달

밤이슬

1.

'내가 점박이를 키우게 된 걸 아저씨가 싫어하면 어쩌지? 주인을 다시 찾으라고 하면?'

가게 앞에서 망설이며 서성이던 하람이가 한참 뒤에야 안으로 들어섰다.

가게 안은 지난번에 왔을 때와 똑같았다. 마치 이곳만 시간이 멈춘 것 같았다. 어쩌면 진짜 그럴지도 몰랐다. 여긴 삶의 시간이 멈춘 밤이슬들이 찾는 곳이니까.

아저씨도 얼마 전 본 모습과 다를 바 없었다. 오늘도 잠에서 덜 깬 듯 부스스한 얼굴로 하람이에게 물었다.

"밥은 먹었냐?"

"당연하죠. 학교에서 급식이 나오니까 밥을 안 먹을 수가 없거든요?"

하람이가 퉁명스럽게 대답했다. 아저씨가 하람이에게 가장 많이 하는 말을 꼽는다면, "밥 먹었냐?"라는 말일 것이다. 처음 몇 번은 순순히 대답했지만, 매번 똑같은 질문을 하니 조금 짜

증이 났다.

하람이는 아저씨가 다시 입을 열기 전에 선수를 쳤다. 아저씨가 그다음에 무슨 말을 할지도 잘 알고 있었다.

"잠도 잘 자고요, 친구는 아직이에요. 친구 같은 거 귀찮기만 하고 별로 사귀고 싶은 마음도 없어요."

"처음 해 본 배달은 어땠어?"

드디어 각오한 질문이 나왔다.

"배, 배달이요? 나쁘지 않았어요."

하람이는 아저씨와 눈을 마주치지 않으려고 괜히 딴청을 피웠다. 하람이가 점박이를 키우게 된 이상 배달이랄 것도 없었으니까.

"주인을 찾기가 꽤 까다로웠을 텐데."

"전혀 안 그렇던데요?"

아저씨는 의외라는 듯 고개를 갸웃거렸다.

"얼마나 좋은 주인이길래?"

하람이는 조금 양심에 찔렸다. 아직까지 자기가 점박이에게 좋은 주인이라는 확신이 없었다.

"저, 저도 잘은 모르겠는데, 잘 지내는 것 같아요."

"점박이가 참 똑똑하지?"

"당연하죠! 누구 고양이인데요! 엄마도 처음에는 고양이가 싫다고 하더니 지금은 점박이한테 푹 빠졌어요."

말을 이어 나가던 하람이는 문득 뭔가 이상하다는 걸 깨달았다.

"제가 점박이를 키우게 된 거 알고 있었어요?"

"뭐, 대충은."

하람이가 잠시 고민하다가 물었다.

"저여도 괜찮은 거예요?"

"네가 어때서?"

"저는 별로 좋은 주인이 아닌 것 같아서요. 고양이를 처음 키워 봐서 발톱 깎는 것도 서툴고, 얼마 전에는 씻기다가 손이 미끄러져서 점박이가 물도 먹었는걸요."

하람이 말에 아저씨가 웃음을 터뜨렸다.

"처음부터 잘하는 사람이 어딨어. 그리고 애초에 내가 말을 잘못했어. 좋은 주인은 내가 찾아 주는 게 아니라 점박이 녀석이 선택하는 거니까. 왜, 인간들 사이에서는 고양이들한테 선택받는 걸 '간택'이라고 한다면서?"

"그럼 진작에 말해 주시지 그랬어요. 아저씨가 뭐라고 하실까 봐 괜히 혼자 걱정했잖아요."

하람이는 아저씨를 흘겨보다가 슬그머니 물었다. 첫 배달을 하면서도 계속 궁금했던 것이었다.

"아저씨, 뭐 하나 물어봐도 돼요? 밤이슬은 왜 밤이슬이라고 불러요?"

"밤이슬이니까 밤이슬이라고 부르지."

아저씨의 대답에 하람이는 또 눈을 흘겼다.

처음부터 순순히 말해 줄 거라고는 생각하지 않았다. 하람이가 장난치지 말고 제대로 말해 달라고 하자 아저씨가 다시 입을 열었다.

"밤이슬은 밤에서 새벽으로 넘어가는 찰나에 볼 수 있지. 네 할아버지도, 삼색이도 이승에서 저승으로 가는 사이에만 존재하기 때문에 그렇게 부르는 거야. 아름답지만 금방 사라져 버린다는 공통점이 있잖아?"

그렇게 말하는 아저씨의 표정이 어쩐지 울적해 보여서, 괜한 질문을 했나 싶었다. 하람이는 아저씨의 생각을 딴 데로 돌리기로 했다.

"아저씨는 소원 구슬이 생기면 뭐 할 거예요?"

"글쎄. 넌 뭐 할 건데?"

"처음에는 부자가 되게 해 달라고 빌까 했는데요. 그건 좀 아닌 것 같아요. 우리 할아버지가 공짜로 생긴 돈은 별로 안 좋다고 했거든요. 그래서 공부를 잘하게 해 달라고 할까도 생각해 봤는데, 공부는 싫어요. 또……."

재잘대는 하람이를 지켜보던 아저씨가 피식 웃었다. 하람이의 작전이 통했다.

사실 하람이가 생각해 둔 소원은 따로 있었다. 딱 한 번만이라도 좋으니 할아버지를 다시 만나는 것.

"어떤 소원을 빌어도 좋은데, 구슬은 안 잃어버리게 조심해. 일반 사람들이 구슬을 보게 되면 보이지 않던 게 보일 수도 있으니까."

"걱정 마세요. 제가 구슬을 얼마나 잘 챙기는데요. 혹시라도 엄마가 버릴까 봐 학교 갈 때도 들고 다녀요."

하람이는 사신만만하게 말하며 가방에 손을 집어넣었다.

"어?"

있어야 할 구슬이 없었다. 가방에 달린 주머니마다 손을 넣어 확인해 봤지만 잡히는 게 없었다.

"이럴 리가 없는데!"

당황한 하람이는 가방을 거꾸로 들어 탈탈 털었다. 쏟아진 물건 속에서도 구슬은 보이지 않았다.

"어디에 뒀는지 천천히 생각해 봐. 혹시 집에다 두고 온 거 아니야?"

"아니에요. 분명 오늘 6교시까지는 가방에 있는 걸 확인했단 말이에요."

7교시는 체육이었다. 하람이는 선생님을 도와 교구를 정리하느라 뒤늦게 교실에 돌아왔다.

'가방 맨 안쪽에 넣어 놨으니 어디에 흘린 건 아닐 거야. 분명 체육 시간에 누가 가져간 거야!'

머릿속에 떠오르는 얼굴이 하나 있긴 했다. 하람이에게 화가 난 상태인 데다 오늘 보건실에 간다며 체육 시간 내내 자리를 비웠던 그 아이.

"아저씨, 저 먼저 갈게요!"

하람이는 아저씨가 뭐라고 말하기도 전에 가게 문을 박차고 뛰어나갔다. 머릿속은 온통 구슬 생각뿐이었다.

그래서였을까? 하람이는 가로등 뒤에 숨어서 자신을 지켜보고 있는 사람이 있단 걸 눈치채지 못했다. 그림자는 하람이의 뒷모습이 완전히 사라지고 나서야 가게 쪽으로 걸음을 옮겼다.

2.

아침 독서 시간, 하람이는 진수의 빈자리를 바라보았다. 진수는 벌써 이틀이나 학교에 오지 않았다.

'무슨 일 있나? 설마 구슬을 가져가 놓고 안 오는 건가?'

하람이가 이런저런 생각을 하고 있는데, 반 아이 중 한 명이 하람이를 불렀다.

"야, 선생님이 교무실로 오래."

"나?"

"그래. 김하람, 너."

평소 하람이는 반에서도 존재감이 거의 없는 애로 통했다. 연극이나 영화에 비유한다면 '지나가는 사람 1' 정도에 가까울 것이다. 그런데 선생님이 하람이를 불렀다니, 분명 무슨 일이 생겼다는 예감이 들었다. 하람이는 불안한 마음을 안고 교무실로 들어갔다.

"선생님이 널 부른 건 진수 때문이야. 하람이 넌 혹시 진수가 어디 간지 알고 있니?"

선생님 말에 하람이가 고개를 저었다. 좀 이상했다. 선생님은 하람이와 진수가 싸운 진짜 이유에 대해서도, 구슬에 대해서도 모를 텐데.

"혹시 김진수한테 무슨 일 있어요?"

선생님이 망설이더니 말했다.

"진수가 집을 나갔어."

"네?"

깜짝 놀란 하람이가 의자에서 벌떡 일어났다.

"반에 진수 소식을 알 만한 사람이 아무도 없더라고. 그러던 중에 진수와 네가 얼마 전 싸웠던 게 떠올라서 부른 거야. 그때 무슨 일이 있었던 거니?"

"벼, 별일 없었어요. 제가 뭘 알려 주기로 했는데, 안 알려 줬다고 그런 거예요."

"뭘 알려 주기로 했는데?"

"그러니까 그게……. 게임 정보요."

"그래?"

선생님은 눈에 띄게 실망한 눈치였지만, 딱히 의심하는 것 같지는 않았다. 하람이는 돌아가도 좋다는 선생님의 말에 교무실을 나왔다.

　아저씨에 대해 알려 주지 않아서 그런 걸까? 아니면 구슬 때문에 무슨 일이 생긴 걸까? 가슴에 누가 커다란 돌덩이를 올려놓은 것 같았다. 기분이 별로여서 그런지 주변도 평소보다 컴컴하게 느껴졌다.

　"오늘 비가 온다고 했었나?"

　하늘을 보며 갸우뚱거리는 것도 잠시, 하람이는 구름 한 점 없이 맑았던 아침 하늘을 떠올렸다.

"설마?"

하람이는 손목에 찬 시계를 확인했다.

7시 29분. 밤이 시작되는 시간. 밤이슬의 시간. 아저씨는 시계가 이 시간을 가리켜야 밤이슬의 시간으로 들어올 수 있다고 했다.

'여기는 가게도 아닌데 시간이 바뀌었어. 그럼 지금 여기에 밤이슬이 있다는 거야?'

아무렇지도 않은 척하려고 했지만, 다리가 덜덜 떨렸다. 저번에는 밤이슬 고양이였지만, 이번에는 정말 귀신일지도 몰랐다. 새하얀 소복을 입고, 입가에 피를 주르륵 흘리는 밤이슬. 그 모습을 상상하자 소름이 돋았다.

문득 아래를 보니, 발밑에 있는 그림자가 두 개였다. 하나는 하람이 거였고, 또 하나는…….

얼어붙은 하람이가 천천히 고개를 들었다.

"으아악!"

하람이가 비명을 지르며 주저앉았다. 지금 눈앞에 서 있는 건 여기에 있으면 안 되는 사람, 아니 밤이슬이었기 때문이다.

하람이는 꿈인가 싶어 볼을 세게 꼬집어 보았지만 아프기만 할 뿐, 보이는 건 그대로였다.

"기, 김진수……. 네가 왜 여기에 있어?"

하람이가 뻗은 손이 진수의 몸을 통과했다. 그렇다는 건…….

"너, 설마 죽은 거야? 진짜 그런 거야?"

"잠깐만!"

밤이슬이 하람이의 말을 자르듯 손을 들었다.

"내 동생을 함부로 죽이지 말아 줄래?"

"동생이라고?"

자세히 보니, 진수와 많이 닮긴 했지만 분위기가 조금 달랐다. 진수가 날이 선 듯한 뾰족한 느낌이라면 눈앞에 있는 밤이슬은 동글동글한 인상이었다.

"놀라게 했다면 미안. 난 진수 형이야."

"김진수 형이라고……요?"

하람이 입에서 존댓말도 반말도 아닌 이상한 말이 튀어나왔다. 눈앞에 있는 밤이슬은 또래로 보였지만, 진수의 형이었으니 하람이보다도 형인 셈이었다. 어쩌면 생각보다 하람이와 나이 차이가 꽤 날지도 모른다. 그런 하람이의 생각을 읽기라도 한 듯 밤이슬은 콧잔등을 살짝 찡그렸다.

"그냥, 진기라고 불러도 돼. 너희와는 다르게 내 시간은 한참 전에 멈춰 있으니까. 내가 죽은 날로 치면 우리는 동갑이나 마찬가지거든."

"그래도 어떻게 그래요? 김진수한테 형이면 나한테도 형인데……."

"진수한테 형 노릇도 못 해 줬는데, 뭐. 난 태어날 때부터 몸이 약했거든. 학교에 있는 날보다 병원에 있는 날이 더 많았어.

진수를 돌봐 줄 사람이 없어서 진수도 병원에서 살다시피 했고."

하람이는 이제야 진수가 아저씨를 찾는 이유를 알 것 같았다. 진수도 세상을 떠난 진기의 흔적을 찾고 싶었던 게 아닐까.

"가끔은 진수가 나보다 더 형 같았어. 자기도 힘들었을 텐데, 나한테 늘 양보만 했거든."

하람이는 그랬던 진수가 왜 이렇게 변했냐고 물으려다 참았다. 할아버지의 죽음이 하람이를 바꾸어 놓았듯이, 형의 죽음이 진수를 그렇게 바꾸어 놓은 것일지도 모른다.

"김진수가 가출한 것 때문에 날 찾아온 거예요?"

"맞아. 너한테 배달 좀 부탁하려고."

"아저씨는 어쩌고요?"

"주인아저씨가 이리로 가면 배달원을 만날 수 있다고 하던데?"

"뭐라고요?"

하람이는 두 주먹을 꽉 쥐었다. 보나 마나 아저씨는 늘어져 자고 있을 게 뻔했다.

"죄송하지만 다음에 가게로 다시 오세요. 저는 일한 지 얼마 되지 않아서 일이 서툴거든요."

"그래도 괜찮으니까 부탁 좀 할 수 없을까?"

진기는 오늘 당장 진수를 만나지 않으면 안 될 것처럼 초조해 보였다.

"사실 나, 오늘 밤에 저승으로 떠나야 하거든."

"오늘 밤에요?"

"원래 죽으면 저승으로 가는 게 당연하잖아. 난 이곳에 너무 오래 있었어. 결심이 섰을 때 가야지. 안 그러면 또 미련이 남을 거 같아서."

하람이는 저승이라는 말을 듣자, 자연스럽게 할아버지가 떠올랐다. 전처럼 눈물이 왈칵 쏟아지진 않았지만 여전히 왼쪽 가슴이 시큰거렸다.

'할아버지는 왜 나를 만나러 오지 않는 걸까? 정말 저승으로 떠나 버린 걸까?'

진기 또한 할아버지와 같은 밤이슬이라고 생각하자 하람이의 마음이 약해졌다. 그래서 일단 이야기나 들어 보자는 생각으로 물었다.

"뭘 배달해야 하는데요?"

"그게 뭐냐면……"

진기가 한참 뜸을 들이다가 말했다.

"바로 나야."

"네에?"

놀라서 눈이 동그래진 하람이를 향해 진기가 다시금 말했다.

"날 진수에게 데려다줘."

3.

하람이는 정리해도 좋다는 선생님의 말이 들리자마자 가방을 챙겼다. 수업 시간 내내 마음이 조마조마했다.

'진기 형이 애들 눈에 보이면 어쩌지?'

아저씨 말로는 평범한 사람들은 밤이슬을 볼 수 없다고 했지만, 괜히 형을 몰래 교실에 데리고 온 기분이었다.

"수업 마쳤어?"

진기는 뭐가 그리도 좋은지 싱글벙글했다. 어릴 때부터 병원에만 있어서 학교에 가는 게 소원이었다고 했다. 누구에게는 끔찍할 만큼 가기 싫은 학교가 누군가에겐 소원이라고 하니, 참 희한한 일이었다.

"김진수가 갈 만한 곳은 생각해 봤어요?"

"글쎄, 진수도 나랑 같이 늘 병원에서만 지냈어서. 진수는 학교 마치고 주로 어딜 갔었어?"

"그거야, 저도 모르죠."

하람이가 진수와 이야기해 본 건 할아버지 시계를 받았을 때와 싸웠을 때뿐이었다. 하람이와 마찬가지로 진수도 반에서 딱히 친한 애가 없었다. 오죽했으면 선생님이 하람이를 불러서 진수 행방을 물어봤을까.

"그럼 일단 우리 집으로 가자. 집에서 뭔가 단서가 나올지도 몰라."

둘이 그렇게 정하고 교실을 나가려고 할 때였다.

"하람아! 김하람!"

하람이는 누구 목소리인지 단번에 알아차렸다.

"널 부르는데?"

"저도 알아요. 고개 돌리지 마요!"

"어차피 나는 안 보일 텐데?"

"하여튼 돌리지 마요!"

샛별이와 마주치면 일이 복잡해질 것이다. 아무리 숨긴다고 해도 눈치 빠른 샛별이는 뭔가 이상하다는 걸 금방 알아챌 테니까. 그렇지 않아도 요즘 하람이를 수상쩍게 보는 눈치였다. 두 사람, 아니 한 사람과 한 밤이슬은 샛별이를 뒤로하고 달리기 시작했다.

한참을 달린 하람이가 돌아보며 말했다.

"이제 안 따라오죠?"

"아까부터 안 따라왔는데?"

"빨리 말하지, 괜히 뛰었잖아요."

숨을 고른 하람이는 앞장선 진기를 따라갔다. 얼마쯤 걸었을까? 눈앞에 빨간 벽돌로 지어진 이층집이 나왔다.

"여기가 우리 집이야."

진기는 생각이 많은 표정이었다.

"사실 나도 여긴 처음이야. 여기로 이사 온 걸 보면 엄마도 아빠도 진수도 다 나를 잊고 싶어 하는 것 같아."

"그건 아닐 거예요. 우리 엄마도 할아버지가 돌아가시고 나서 할아버지가 쓰던 가구랑 옷들을 전부 치웠어요. 그렇다고 할아버지를 그리워하지 않는 건 아니더라고요."

"그럴까?"

하람이가 고개를 끄덕였다.

초인종을 누르자 한 아주머니가 나왔다. 언뜻 보기에는 진수 형제와 별로 닮지 않았는데, 폭 파인 보조개를 보니 진수의 보조개가 어디서 왔는지 알 것 같았다.

"넌 누구니?"

"저는 진수랑 같은 반인 김하람이라고 하는데요."

하람이는 일부러 친구라는 말은 하지 않았다. 어른들은 흔히 착각하는데, 같은 반이라고 해서 다 친구인 건 아니다. 그저 '같은 반'일 뿐이다.

진수 엄마가 물었다.

"혹시 진수가 어디로 갔는지 아는 거니?"

"그런 건 아닌데요."

하람이의 대답에 진수 엄마는 한숨을 푹 쉬었다.

"그렇구나. 그래도 우리 진수가 걱정돼서 와 준 거지? 안으로 들어올래?"

하람이는 진기와 함께 안으로 들어갔다. 진기는 자신의 집인데도 남의 집에 온 것처럼 불편한 표정이었다. 진수 엄마는 거실에 앉아 있는 하람이 앞에 주스 한 잔과 케이크 한 조각을 놓아 주었다. 한 잔과 한 조각.

"우리 진수, 학교에서 좀 어때?"

"그냥 다른 애들이랑 비슷해요."

진수 엄마가 어색한 미소를 지었다. 진수가 학교에서 소문난 아이라는 사실을 이미 아는 눈치였다.

"내가 진수를 잘 챙겼어야 했는데, 나 힘든 것만 생각하느라 진수가 어떤 마음인지도 알아차리지 못했어."

진수 엄마는 눈가에 흐르는 눈물을 소매로 찍었다. 하람이는 어떻게 할지 몰라 안절부절못했다.

"저도 진수를 찾아볼게요! 그러니까 너무 걱정하지 마세요."

"고맙다. 사실 어젯밤 꿈에 죽은 진수 형이 나왔지 뭐니. 진수는 자기가 찾을 테니까 걱정하지 말라고 하는데, 진짜처럼 생생한 거야."

하람이는 옆에 있는 진기를 슬쩍 쳐다보았다. 진기는 말없이 고개를 저었다.

"혹시 제가 진수 방에 들어가 봐도 될까요? 진수가 어디 갔는지 알 수 있는 뭔가를 찾을지도 모르잖아요."

진수 엄마가 고개를 끄덕이며 이층을 가리켰다. 앞장선 진기는 곧장 계단을 올라가 진수 방을 찾았다.

"형, 이 집은 처음 와 본 거라 했잖아요."

"전에 살았던 집과 구조가 똑같아. 방 위치부터 꾸며 놓은 것까지 전부."

그렇게 말하는 진기의 표정은 아까보다 한결 편해 보였다. 방

문을 열자 진기가 말했다.

"진수 침대 아래를 보면 상자가 하나 있을 거야. 진수가 어릴 때부터 중요한 건 죄다 거기에 넣었거든. 그 안에 단서가 있을지도 몰라."

하람이는 아직도 상자가 있을까 생각하며 침대 밑에 손을 넣었다. 더듬거리자 상자 모서리의 뾰족한 감촉이 손끝에 전해져 왔다.

"있어요!"

얼마나 오래된 건지 뚜껑 겉면이 바래 있었다. 하람이는 조심스럽게 상자 뚜껑을 열었다. 소중한 것들만 모아 두었다고 하니, 어쩌면 소원 구슬이 이 안에 들어 있을지도 몰랐다.

하지만 구슬은 없었다. 정확히 말하면 구슬이 있긴 했는데, 소원 구슬이 아니라 어릴 때 가지고 놀던 유리구슬이었다. 오래된 딱지, 아직 쓰지 않은 새 연필, 만화 영화 포스터 따위도 들어 있었다.

"단서가 될 만한 건 없어 보이는데요?"

"가장 중요한 건 맨 안쪽에 보관해 두는 법이지."

하람이가 상자를 거꾸로 들자 두툼한 노트 한 권이 툭 떨어졌다. 한눈에 일기장인 걸 알아차렸다.

"남의 일기장을 봐도 되는 건지 모르겠어요."

말과는 다르게 하람이의 얼굴에 기대감이 떠올랐다. 부모님이 아이들 일기장을 훔쳐보는 기분이 이런 걸까?

노트를 넘겨 보니, 의외로 열심히 쓴 일기들이 눈에 띄었다. 뒤로 넘길수록 최근 일기였다. 하람이가 어느 날의 일기를 읽기 시작했다.

"3월 15일, 공개 수업 날이었다. 엄마랑 아빠가 오기로 했는데 오지 않았다. 난 발표도 제일 많이 해서 선생님께 칭찬도 받았다. 엄마 아빠는 형이 아파서 못 왔다고 했다."

"몰랐어. 그날이 학부모 공개 수업이었는지."

진기가 어깨를 축 늘어뜨리며 말했다.

"어쩔 수 없는 일이잖아요. 다른 일기도 볼게요. 11월 21일, 오늘은 학예회였다. 나는 주인공 다음으로 중요한 역할을 맡았다. 엄마 아빠가 이번에는 꼭 보러 온다고 해서 열심히 연습했다. 정말 엄마 아빠가 왔다. 이거 봐요! 이날은 가셨네요!"

하람이는 계속해서 일기를 읽었다.

"신이 나서 내 차례가 되기만을 기다렸다. 내 차례가 되어서 나갔는데, 엄마 아빠가 보이지 않았다. 엄마 아빠를 찾다가 그만 대사를 까먹고 말았다. 바보 같다."

일기는 대부분 비슷한 내용이었다. 진수가 갈 만한 장소 같은 건 적혀 있지 않았다.

"다 나 때문이야. 나 때문에 진수가 그렇게 된 거야."

진기의 자책하는 말에 하람이는 한숨을 쉬었다. 이래서는 제자리걸음이었다.

"이상하지 않아요?"

"뭐가?"

"진수는 왜 하필 어제 가출했을까요? 그동안은 가만히 있다가 왜 갑자기 집을 나갔냐는 거죠."

진기는 이유를 영 모르겠다는 눈치였다. 하람이는 진수가 가출하기 전날 날짜에 적힌 일기가 있는지 찾았다.

"앗, 있어요! 10월 11일!"

그날의 일기에 답이 적혀 있었다. 10월 11일은 진수의 생일이었다.

아이들에게 일 년 중 어떤 날을 제일 좋아하냐고 묻는다면 대부분 자신의 생일을 말할 것이다. 그런데 생일날, 진수의 일기장에는 아무에게도 축하받지 못했다는 이야기가 쓰여 있었다.

'진기 형이 있을 때는 형이 아파서 어쩔 수 없다고 이해했겠지만, 형이 죽고 나서도 다들 자신의 생일을 잊어버렸다면?'

어쩌면 진수는 가장 축복받아 마땅한 날에 자신이 환영받지 못하는 존재라고 생각했을지도 모른다.

"형까지 동생 생일을 까먹으면 어떡해요?"

"그러게……. 다른 사람은 몰라도 나는 진수 생일을 기억했어야 했는데……."

진기가 울고 있었다. 밤이슬은 눈물을 흘리지 못한다. 그런데도 하람이 눈에는 진기가 울고 있는 것처럼 보였다.

"사람이 죽고 나면 기일만 남아. 우리 가족에게 소중했던 날들은 언제였는지 잘 기억나지 않아. 내 생일이 언제였는지도 기억나지 않는걸."

하람이는 그런 진기를 조금은 이해할 수 있었다. 하람이도 이제 곧 할아버지가 떠난 날만 기억하게 될지도 모른다.

"형이 살아 있을 때 진수가 가자고 했던 곳은 없어요?"

"글쎄, 진수는 어디를 가자고 조른 적이 별로 없어서……. 아!"

하람이와 진기는 서로를 마주 보았다.

4.

"여기가 맞아요? 진짜 여기에 김진수가 있을 거라고요?"

하람이는 끝없이 펼쳐진 푸른색 바다를 보며 되물었다. 3년 전이라면 진수는 초등학교 4학년이었을 텐데, 보통 그 나이대라면 바다보다는 놀이동산 같은 곳에 가고 싶어 하지 않을까 싶었다.

"여긴 진수가 아니라 내가 늘 가고 싶어 했던 곳이야. 아무래도 병원은 좀 답답했거든. 진수는 자신보다 다른 사람을 더 생각하는 아이야. 일기장에 그런 일기를 주로 쓴 것도 섭섭한 속마음을 누구에게도 털어놓을 수 없어서 그런 걸 거야. 엄마 아

빠에게 말하면 속상해하실 걸 아니까."

"형은 김진수를 보면 뭐라고 할 거예요?"

"꼭 하고 싶은 말이 있긴 하지."

하람이는 그 말이 뭔지 궁금했지만, 묻지 않았다. 진수를 만나면 곧 알 수 있을 것이다.

"그런데 어디서 찾죠? 저기까지가 전부 바다인데."

"저기, 쟤 진수 아니야?"

진기가 가리키는 손가락 끝에 사람이 있긴 했다. 문제는 너무 작아서 거의 점처럼 보인다는 것이다.

"에이, 저게 무슨 김진수예요? 김진수처럼 안 보이는데."

그러나 가까이 다가가서 확인하자 정말 김진수가 맞았다. 밤이슬이 되면 눈이 엄청 밝아지는 걸까, 아니면 자신과 똑 닮은 동생이라 한눈에 알아본 걸까.

"야! 김진수!"

하람이가 진수를 향해 손을 흔들었다. 하람이를 알아본 진수의 눈이 점점 커졌다.

"기, 김하람. 네가 왜 여기 있어?"

"뭐, 겸사겸사."

"여기는 어떻게 알고 온 거야? 선생님이 보냈어? 설마 우리 엄마 아빠가?"

"선생님도 너희 부모님도 네 걱정을 하시긴 했지만, 날 여기 보낸 건 진기 형이야. 아, 보낸 게 아니라 같이 왔다고 해야 하나."

"이 자식이 진짜!"

진수가 우악스럽게 하람이의 멱살을 잡았다. 지난번 교실에서 일어난 상황과 비슷했지만 진수는 그때보다 몇 배나 더 화가 나 있었다. 얼굴이 새빨개져서 금방이라도 한 대 칠 기세였다. 그런데도 하람이는 진수가 무섭지 않았다. 진수의 마음속 깊은 곳을 들여다보았기 때문일까?

"화내지 말고 잘 생각해 봐. 진기 형이 바다에 가고 싶어 한 걸 아는 사람은 너뿐이잖아. 너희 부모님도 네가 여기 온 걸 모르고 계셨어."

"그러니까! 그걸 네가 어떻게 알고 있냐는 거야! 그 아저씨가 알려 준 거지? 그런 거지?"

"말했잖아. 진기 형이랑 같이 왔다고."

"김하람, 너 진짜 우리 형 얘기 한 번만 더 해 봐!"

진수는 금방이라도 하람이를 칠 기세였다.

"진기 형, 어떻게 좀 해 봐요! 둘만 아는 비밀 같은 거 없어요?"

진수 눈에는 하람이가 혼자 허공에 대고 말하는 것처럼 보였다. 하지만 하람이에게는 진기의 목소리가 들렸고, 이제는 진기의 말을 전해 줄 때였다.

"너, 진기 형이랑 둘이 병원에서 몰래 떡볶이 먹은 적 있지? 진수 네가 학교 마치고 분식집에서 사 왔다면서?"

"그, 그걸 어떻게……. 그건 형이랑 나만 아는 건데."

"그날 진기 형이 아팠고, 넌 네가 사 온 떡볶이 때문에 그런 거라고 울었다면서?"

"맞아. 내가 사 온 떡볶이 때문에 형이 아팠어."

"아니래. 진기 형은 오히려 네가 사 온 떡볶이 때문에 덜 아팠던 거래."

진수는 믿을 수 없다는 듯 두 눈을 천천히 감았다가 떴다.

"진짜 우리 형이 네 옆에 있어?"

하람이가 고개를 끄덕였다.

"그래, 우리 형이 네 옆에 있다고 치자. 형이 뭐라는데?"

이건 하람이가 기대한 반응이 아니었다. 진기를 다시 만나면 진수가 마냥 좋아할 줄 알았다. 그런데 어쩐지 진수는 화가 난 듯 보였다.

"미안하대. 저승으로 떠나기 전에 너에게 꼭 사과하고 싶었대. 그동안 자기 때문에 힘들었을 거라면서."

진수는 하람이가 한 말을 끝까지 듣고도 한동안 아무 말도 하지 않았다. 진수가 정말 듣고 싶었던 말이 미안하다는 말이었는지는 알 수 없었다.

진수가 입을 연 건 한참이 지나서였다.

"응, 힘들었어. 솔직히 형이 좀 미웠어. 형은 나한테서 엄마 아빠를 완전히 빼앗아 갔으니까. 살아 있을 때는 형을 간호하느라, 형이 죽고 나서는 형을 못 잊어서. 나는 계속 그 자리에 있었는데, 엄마 아빠 눈에는 내가 보이지 않나 봐."

진수가 울고 있었다. 눈물은 진수의 볼을 타고 하염없이 흘러내렸다.

"미안하다, 진수야. 형이 정말 미안해."

하람이는 진기가 하는 말을 다시금 전했다.

"그래도 참을 수 있었어. 형을 좋아했으니까. 세상에서 제일 좋아했으니까……. 그런데 내가 제일 못 참겠는 게 뭔지 알아? 형이 죽은 거! 나만 놔두고 떠나 버린 거!"

진수가 소리쳤지만, 진기는 아무 말도 하지 않았다. 안 그래도 투명하던 진기의 얼굴이 반쯤 더 투명해졌다. 하람이는 진기가 이대로 사라져 버리는 건 아닐까 생각했다.

그 순간 진기가 진수 쪽으로 손을 뻗었다. 진기의 투명한 손이 진수 몸을 그대로 통과했다. 밤이슬이 산 사람에게 닿을 리 없었다. 진기는 진수를 향해 다시 팔을 뻗었다. 지치지도 않고 계속.

진기가 보이지 않아 이 상황을 전혀 모르고 있던 진수가 자리에서 슬그머니 일어났다.

"서, 설마, 우리 형 간 건 아니지? 벌써 저승에 가 버린 거야?"

그렇게 형이 밉다고 떠들었으면서도 정말 형이 떠났을까 봐 걱정하고 있었다.

"안 갔어. 바로 네 옆에 있어."

"정말?"

진수는 주변을 더듬거리며 진기를 찾았다. 아주 살짝 진기와 스치긴 했지만, 아무 감촉도 느끼지 못했다. 산 사람이 밤이슬에게 닿을 리 없었다. 그런데도 진기와 진수는 서로에게 닿기 위해 필사적으로 팔을 뻗었다.

하람이 눈에는 진기와 진수가 바보처럼 보였다. 서로 닿을 리 없다는 걸 알고 있으면서도 허우적대는 모습이. 그래도 그 모습이 싫지는 않았다.

한 사람과 한 밤이슬이 긴 시간을 돌고 돌아 바다 앞에 앉았다. 둘은 같은 곳을 바라보았고, 파도는 언제 그랬냐는 듯 잠잠해졌다.

네 번째 배달

초록색 리본이 달린 구두

1.

"네가 가져간 구슬, 이제 돌려주면 안 될까?"

두 번째 배달을 무사히 끝낸 하람이가 진수에게 물었다.

"구슬? 무슨 구슬?"

진수는 하람이가 무슨 말을 하는지 모르겠다는 눈치였다.

"에이, 장난 그만 쳐. 그 구슬, 나한테 정말 중요한 거야."

"무슨 구슬을 말하는 거야? 나는 구슬이 뭔지도 몰라."

"정말 네가 안 가져갔어?"

"하늘에 맹세하는데, 난 정말 아니야."

그러고 보니 체육 시간에 교실에 들른 사람이 한 명 더 있었다. 다행히도 하람이는 그 애의 전화번호를 알고 있었다. 하람이는 핸드폰을 꺼내 그 애에게 전화를 걸었다. 신호가 몇 번 울리더니 안내 음성이 흘러나왔다.

'지금은 고객님이 전화를 받을 수 없어…….'

"왜 전화를 안 받지?"

그 순간 아저씨가 했던 말이 떠올랐다.

'보통 사람들이 구슬을 갖게 되면 안 보이는 게 보일 수도 있으니까.'

하람이는 곧장 가게로 달려갔다. 다행히 가게 앞에서 샛별이를 발견할 수 있었다.

"김샛별! 너 왜 여기에 있어?"

"그러는 너야말로 뭐 하고 돌아다닌 거야? 여기는 또 뭐 하는 곳이고?"

샛별이는 요즘 하람이가 수상하게 느껴지던 참이었다.

"갑자기 고양이를 키우겠다고 하는 것도 그렇고, 학교만 끝나면 어디론가 가 버리는 것도 그렇고. 이상하잖아. 어느 날엔 너를 따라갔는데…… 분명히 네가 있었거든? 그런데 갑자기 사라져 버린 거야."

하람이가 가게에 들어가는 장면을 본 모양이었다. 평범한 사람들에게는 가게가 보이지 않으니, 별안간 사라져 버린 듯 보였을 것이다.

"그래서 구슬을 가져간 거야?"

"가, 가져간 건 아니야. 하람이 네가 뭘 숨기는 것 같아서 알아보려고 했던 건데, 갑자기 애들이 들어와서 얼떨결에 그렇게

된 거야."

샛별이는 하람이가 사라져 버린 게 구슬과 관련 있을 거라고 짐작했던 것이다.

"너한테 말하려고 했는데 네가 갑자기 도망갔잖아!"

하람이가 진기와 있었을 때를 이야기하는 것 같았다.

"하람이 넌 매번 그런 식이야. 난 너랑 제일 친하다고 생각하는데 나한테는 아무것도 말 안 해 주고. 내가 얼마나 섭섭한지 알아?"

하람이는 머리를 긁적였다. 샛별이를 싫어하는 건 아니었다. 오히려 샛별이는 하람이에게 고마운 존재였다. 샛별이가 아니었다면 이곳의 생활은 지금보다 훨씬 힘들었을 거다.

"섭섭하게 했다면 미안해."

하람이의 사과에 뾰로통하던 샛별이의 표정이 풀어졌다.

"됐어. 나도 마음대로 구슬 가져가고 미행한 건 미안해."

샛별이는 하람이가 그렇게 가고 난 뒤, 혹시나 싶어 주변을 돌아다녔다고 한다. 그때 샛별이 앞에 수상한 가게가 나타난 것이다.

"주인아저씨는 없었어?"

샛별이가 손가락으로 가게 문을 가리켰다. 문에 작은 메모지가 하나 붙어 있었다.

개인 사정으로 당분간 가게 문을 닫습니다.
— 주인백 —

"난 아무 말도 못 들었는데……. 나한테 온갖 일을 다 시키고 아저씨 혼자 놀러 간 게 분명해!"

"내가 왔을 때는 벌써 문이 닫혀 있었어. 그나저나 이 가게는 뭐고, 넌 여기서 뭘 했던 거야?"

"말하자면 좀 복잡해."

하람이가 이 가게를 어떻게 설명할지 고민하고 있을 때였다.

"저기……."

낯선 목소리에 하람이와 샛별이가 동시에 고개를 돌렸다.

"아, 깜짝이야!"

샛별이가 소리를 질렀다. 한 아저씨와 아주머니가 서 있는데 왠지 모르게 기묘했다. 틀림없이 밤이슬이었다. 구슬 때문에 샛별이에게도 밤이슬이 보인 것이다. 하람이는 벌써 세 번째 보는

밤이슬이라 전처럼 놀라지는 않았다.

"괜찮니? 놀라게 해서 미안해."

아주머니 밤이슬이 사과했다.

"학생, 이 가게에서 일하죠?"

이번에는 아저씨 밤이슬이 말했다.

"그렇긴 한데요."

"이거 원래 여기 있던 주인분이 배달해 주시기로 한 건데……."

아주머니 밤이슬은 웬 상자 하나를 하람이 앞에 내밀었다.

"배달? 무슨 배달?"

옆에서 가만히 보고 있던 샛별이가 물었다.

"이게 내가 하는 일이야. 이분들은 죽은 사람들인데, 우리는 이들을 밤이슬이라고 불러. 여기는 밤이슬들이 산 사람들에게 전달하고 싶은 걸 대신 배달해 주는 가게야."

"그럼 혹시 할아버지 시계도?"

역시 엄친딸이었다. 단번에 그걸 알아차리다니.

"여기 문에 붙은 거 보이시죠? 당분간은 문을 안 열어요."

하람이가 문에 붙은 메모지를 가리키며 말했다. 진기 일이야 진수가 관련된 일이라서 했다고 쳐도, 아저씨가 없는데 마음대로 일을 맡을 수는 없는 노릇이었다.

"우리는 이제 저승으로 떠나야 해요. 그 전에 우리 딸에게 꼭 주고 싶은 게 있어서 그래요."

밤이슬의 간절한 부탁에 하람이가 망설이자 샛별이가 팔꿈치로 옆구리를 툭 쳤다. 그러고는 두 밤이슬이 내미는 상자를 잽싸게 받아 들었다.

"네! 저희가 배달해 드릴게요."

"야, 김샛별! 상의도 없이 뭐 하는 거야?"

"어차피 해 줄 거잖아. 내가 널 몰라?"

실제로 하람이는 두 밤이슬의 말을 듣고 마음이 약해지고 있었다.

'엄마 아빠가 다 돌아가시고 혼자 남은 아이라면 참 쓸쓸할 거야.'

하람이는 인정하지 않겠지만, 이럴 때는 가게 주인을 똑 닮아 있었다. 하람이가 두 밤이슬에게 물었다.

"상자 안에 뭐가 들었는데요?"

"신발이에요. 나쁜 것들은 전부 우리가 가져갈 테니 우리 딸은 좋은 것만 보고 좋은 곳으로만 다녔으면 좋겠다는 마음으로 준비했어요."

하람이는 안에 이상한 게 들어 있을 거라고 생각했다. 그도 그럴 것이, 이제껏 했던 배달들이 결코 평범하지 않았기 때문이다. 하지만 아주머니 밤이슬 말대로 상자 안에는 초록색 리본이 달린 구두 한 켤레가 들어 있었다.

하람이는 자신의 대답을 기다리고 있는 두 밤이슬에게 다시 물었다.

"어디로 배달하면 되는데요?"

2.

"여기야. 여기!"

별다른 약속이 없던 토요일, 샛별이의 연락에 하람이가 집을 나섰다. 버스 정류장에 먼저 와 있던 샛별이가 하람이를 보고 손을 흔들었다.

"아저씨는 아직도 연락 없어?"

"그렇지, 뭐."

아저씨 이야기가 나오자 하람이의 기분이 울적해졌다. 금방 돌아올 거라고 생각했던 아저씨는 아직까지 감감무소식이었다. 하람이는 아저씨도 할아버지처럼 갑자기 사라져 버리는 건 아닐까 걱정되었다.

"금방 올 거야. 메모에도 당분간 쉰다고 쓰여 있지, 가게 문을 아예 닫는다고는 안 했잖아."

"진짜 그럴까?"

"당연하지!"

이럴 때 샛별이가 있어서 다행이었다. 샛별이가 없었다면 나쁜 상상만 떠올랐을 것이다.

두 사람은 버스를 탔다. 오늘 배달할 곳은 버스로 20분 정도 가야 했다. 버스는 금세 동네를 벗어나 옆 동네로 달려갔다.

'해성병원 1102호 성자윤'

해성병원은 이 근방에서 가장 큰 병원이었다. 하람이도 언젠가 할아버지를 따라온 적이 있었다. 엘리베이터를 타고 11층까지 올라가 왼쪽을 보니 1102호가 보였다.

이때까지만 해도 하람이는 손님을 만나 구두만 전달해 주면 될 거라고 생각했다. 하람이는 1102호 병실 앞에서 크게 숨을 들이쉬었다가 내뱉었다.

똑똑똑.

당연히 자윤이라는 여자애가 나올 거라고 생각했던 하람이는 낯선 할머니의 등장에 놀랐다. 할머니 또한 의아한 눈으로 하람이와 샛별이를 바라보았다.

"너희는 누구니?"

"아, 저희는 자윤이를 보러 왔어요."

당황하는 하람이를 대신해 샛별이가 말했다.

"우리 자윤이를 보러 왔다고? 얼른 안으로 들어오너라."

두 사람은 할머니 손에 이끌려 병실 안으로 들어갔다. 침대에는 한 여자애가 누워 있었는데, 미동도 없었다. 하람이가 할머니에게 물었다.

"자윤이는 자고 있어요?"

"자고 있다고도 할 수 있지. 3년 동안 깨어나지 못하고 있지만."

"네?"

하람이는 뭔가 잘못되었다는 생각이 들어 병실 호수와 침대에 붙은 명찰을 확인해 보았다. 아무리 봐도 제대로 찾아온 게 맞았다.

"사고가 난 지도 벌써 3년이 지났는데 우리 자윤이는 여전히 저 상태야. 의사 선생이 다친 곳은 없다고 했는데 왜 깨어나질 못하는지. 가여운 것."

"사고요?"

하람이가 놀라 묻자 할머니는 의아한 눈으로 쳐다봤다.

"자윤이 집에 불이 났었잖니."

"저희는 자윤이가 병원에 있다는 얘기만 들어서요. 자세한 건 몰랐어요."

딱히 거짓말은 아니었다. 하람이와 샛별이는 밤이슬에게서 자윤이가 병원에 있다는 이야기만 들었으니까.

"그랬구먼."

할머니는 3년 전 일어난 화재에 대해 들려주었다. 그 사고로 자윤이네 부모님은 세상을 떠났고, 자윤이는 자신을 감쌌던 부모님 덕분에 상처 하나 없이 구조될 수 있었다.

'그럼 그렇지. 이번 배달은 좀 쉬울 거라고 생각한 내 잘못이야. 3년 동안이나 잠들어 있는 애한테 어떻게 구두를 배달할 수 있겠어?'

"우리 자윤이하고는 어떻게 아는 사이야? 같은 학교 다녔어?"

"비, 비슷해요."

하람이와 샛별이는 대충 얼버무릴 수밖에 없었다.

"자윤이를 찾아와 주는 친구들도 있고 정말 다행이야. 기다리는 친구들을 생각해서라도 우리 자윤이가 어서 깨어나야 할 텐데."

기뻐하는 할머니를 보자 하람이는 가시방석에 앉은 듯 엉덩이가 따끔거렸다. 더 앉아 있기가 힘들어 슬그머니 일어났다. 샛별이도 하람이와 비슷한 생각이었는지 따라 일어났다.

"저희는 이제 가 볼게요."

"벌써 가게? 좀 더 있다 가지."

자윤이 할머니가 아쉬워하며 하람이와 샛별이에게 음료수를 쥐여 주었다. 차가운 음료 캔을 만지자 부끄러웠던 마음도 조금은 식는 것 같았다.

"자윤이, 꼭 깨어날 거예요."

샛별이가 할머니 손을 잡고 위로를 건넸다. 하람이는 저 말만큼은 꼭 이루어졌으면 좋겠다고 생각하며 병실을 나섰다.

3.

"아니, 의식도 없는 애한테 어떻게 배달을 하냐고!"

하람이가 책상 위 구두를 보고 중얼거렸다. 자윤이 병실에 다녀온 지도 벌써 며칠이 지났지만, 좋은 방법이 생각나지 않았다. 엄친딸인 샛별이도 이번에는 별 뾰족한 수가 없는 것 같았다.

"하긴, 이건 샛별이는 물론 아저씨의 할아버지의 할아버지가 와도 어떻게 못 할 거야."

그 순간 핸드폰이 위잉 하고 진동했다. 호랑이도 제 말 하면 온다더니 샛별이었다.

"김하람, 너 놀라지 마."

"무슨 일인데?"

"내가 아까 학원 갔다 오는 길에 누굴 봤는지 알아?"

하람이는 샛별이가 누굴 봤길래 이렇게 호들갑을 떠는 건지 궁금해졌다. 설마…….

"혹시 아저씨 봤어?"

"배달 가게 아저씨? 나는 얼굴도 모르잖아."

그러고 보니 샛별이는 아저씨를 본 적이 없었다.

"그럼 누군데?"

"자윤이!"

"에이, 말도 안 돼. 자윤이가 어떻게……. 거짓말이지?"

"내 두 눈으로 똑똑히 봤다니까!"

거짓말하는 말투는 아니었다. 샛별이의 말대로 정말 자윤이가 3년 만에 깨어난 거라면?

"어딘데? 내가 지금 갈게."

"그런데 좀 이상한 게 있었어."

샛별이가 본 자윤이는 병원에 있던 자윤이와 좀 달랐다고 했다. 병원에 있는 자윤이가 5학년 또는 6학년 정도 되어 보였다면, 샛별이가 본 자윤이는 훨씬 어려 보였다는 것이다.

"잘못 본 거 아니야?"

"아닌데, 진짜 자윤이었는데. 일단 빨리 와. 참, 구두 빼먹지 말고."

하람이는 곧장 구두를 챙겨 샛별이가 말한 곳으로 갔다.

"자윤이는 어디 있어?"

"저기로 들어갔어!"

샛별이가 가리킨 곳은 학원들이 모여 있는 골목이었다. 학원을 몇 개씩 다니는 아이들에게는 익숙한 곳이었지만, 하람이에게는 아니었다.

"하람이 넌 이 동네 오기 전이어서 잘 모르겠지만, 3년 전에 이 근처에서 불이 난 적이 있었거든."

주택들이 다닥다닥 붙어 있던 게 문제였는데, 첫 번째 집에서 시작된 불이 여기저기 옮겨붙었다고 했다. 그 여러 집 중 하나가 자윤이네 집이었던 게 틀림없었다. 그때 불에 탔던 주택들을 허물고 만들어진 곳이 지금의 학원가였다.

"그럼 자윤이는 불에 탄 자기 집을 보러 온 걸까?"

"엄마 아빠를 보러 왔을 수도 있지."

하지만 자윤이네 엄마 아빠는 지금쯤 저승으로 떠났을 거다.

"너희, 방금 내 얘기 하지 않았어?"

하람이와 샛별이의 대화에 누군가 불쑥 끼어들었다. 정체를 확인한 하람이가 놀라 외쳤다.

"자윤이?"

샛별이 말대로 자윤이는 병실에서 보았던 모습보다 훨씬 더

작고 어려 보였다. 병원에 누워 있으면서 몸이 클 동안, 영혼은 크지 않은 것 같았다.

"둘 다 밤이슬이 아니잖아? 또 내 이름은 어떻게 안 거야?"

자윤이는 의심스러운 눈초리로 하람이와 샛별이를 바라보았다. 여기서 조금이라도 말을 잘못하면 금방 도망갈 기세였다.

"우린 무엇이든 배달하는 가게에서 왔어. 자랑하는 건 아니지만, 밤이슬 사이에서는 꽤 유명하거든. 왜 키 크고 얼굴 하얀 아저씨, 알지?"

하람이는 조심스레 대답하며 자윤이를 진정시키려고 했다. 하지만 하람이의 말에 자윤이의 얼굴이 투명하게 질리기 시작했다. 사람이라면 하얗게 질렸겠지만 자윤이는 밤이슬이었다.

"저승사자가 나 잡아 오라고 너흴 보낸 거지? 난 안 가! 안 갈 거라고!"

"자, 잠깐만!"

두 사람이 뒤늦게 쫓아갔지만, 자윤이는 이미 저만치 달아나 버린 뒤였다.

"저승사자? 설마 너희 가게 아저씨를 말하는 거야?"

샛별이가 물었지만, 하람이는 선뜻 대답할 수 없었다. 아저씨가 보통 사람이 아니란 건 알았지만, 저승사자인 줄은 몰랐다. 아저씨는 자기 이야기를 잘 하지 않았으니까.

"저승사자면 죽은 사람들을 저승으로 데려가는 심부름꾼이잖아. 그런데 너희 아저씨는 왜 배달을 하는 거래?"

"몰라. 나도 모른다고."

하람이는 정말 아는 게 하나도 없었다. 아저씨 이름도, 아저씨가 지금 어디에 가 있는지도, 자윤이가 아저씨 이야기를 듣고 왜 기겁하는지도. 하지만 한 가지 확실한 건 있었다.

"아저씨가 좀 이상하긴 해도 밤이슬들을 강제로 잡아가는 사람은 아니야. 뭔가 오해가 있는 게 분명해!"

그 말에 샛별이가 피식 웃었다. 하람이는 영문을 몰라 어리둥절했다.

"김하람, 너 다른 사람한테 마음 잘 안 열잖아. 나는 꼬박 3년이 걸렸는데, 그 아저씨는 한두 달도 안 걸렸네."

"나도 내가 왜 그런지 모르겠어."

하람이도 이런 자신이 의아했다. 아저씨 앞에서는 왜인지 마음껏 웃고 화내고 솔직해졌다. 마치 아주 오래전부터 알고 지냈던 사이인 것처럼.

자윤이는 지금 밤이슬도 아니고 산 사람도 아닌 상태였다. 무슨 이유에서 그 상태로 이곳저곳을 돌아다니고 있는 걸까?

"어쩌면 자윤이는 밤이슬이 돼서 끌려갈 위기에 처해 있는 거 아닐까?"

샛별이 말도 일리가 있었다. 저승사자들이 하는 일은 밤이슬들을 저승으로 보내는 거니까. 그건 유치원생도 아는 사실이다.

"그런데 한 가지 이상한 게 있어. 자윤이가 밤이슬이 될 처지라면 말이야. 왜 자윤이네 엄마 아빠는 그렇게 가 버린 걸까? 자윤이랑 같이 가도 되잖아."

"그건 또 그렇네."

둘이서 고민해 봤자 해결될 문제가 아니었다. 당사자인 자윤이와 아저씨가 있어야 했다. 하지만 아저씨는 어디 갔는지 행방을 알 수 없었으므로 자윤이를 먼저 찾아야 했다. 샛별이는 자윤이가 반드시 병원 11층에 있는 휴게실로 올 거라고 확신했다.

"집도 불타서 없어졌고, 엄마 아빠는 저승으로 가 버렸어. 아

무엇도 남지 않은 자윤이한테 하나 남은 게 있어. 그게 뭘까?"

"할머니?"

"맞아. 할머니를 보려면 여기로 올 수밖에 없어."

샛별이의 말대로 병원 휴게실에서 기다리고 있으니 곧 자윤이가 왔다. 자윤이는 휴게실로 들어서다가 두 사람을 발견하고 도망치려고 했다. 샛별이가 그런 자윤이를 붙잡았다.

"잠깐만, 왜 도망치는 건데? 정말로 아저씨가 널 저승에 데리고 가려고 해서 그런 거야?"

자윤이가 고개를 가로저었다.

"그러면?"

샛별이가 묻자 자윤이가 주저하며 대답했다.

"오히려 그 반대야."

하람이와 샛별이는 당황한 얼굴로 마주 보았다.

"저승사자 아저씨는 날 살리려고 했어."

"널 살리려고 했다고? 왜?"

원래도 이상하다고 생각했지만, 아저씨는 생각보다 훨씬 더 이상한 사람 아니, 저승사자였다.

"아저씨 말로는 원래 죽어야 했던 건 나였대. 불이 났을 때 엄마 아빠가 나를 감싸면서 나 대신 죽은 거래."

자윤이는 그렇게 말하며 울음을 터뜨렸다.

"흐흐흑……. 저승사자 아저씨를 따라가면 나는 긴 꿈에서 깨어나 혼자 살아나게 될 거야. 하지만 나한텐 이제 아무것도 안 남았단 말이야. 내가 살던 집도, 사랑하는 엄마 아빠도……."

샛별이가 자윤이를 따라 울었다. 하람이도 눈물이 나려는 걸 참았다. 자윤이의 슬픔을 조금은 알 것 같았다.

'나도 그랬으니까.'

학교 앞 문구점과 슈퍼마켓을 지날 때, 파출소 앞에 있는 신호등을 건널 때, 아파트 앞에 있는 놀이터를 볼 때마다 하람이는 확인받는 느낌이었다. 세상에서 제일 사랑하는 할아버지가 더는 곁에 없다는 걸 말이다.

"나도 얼마 전에 할아버지가 돌아가셨어. 나한테 할아버지는 엄청 소중한 사람이었거든. 그래서 많이 슬펐어. 지금도 할아버지 생각만 하면 많이 힘들고 슬퍼……. 하지만 난 그럭저럭 잘 지내고 있어."

"거짓말! 소중한 사람들이 없는데 어떻게 잘 지낼 수 있어?"

하람이는 소리치는 자윤이에게로 다가갔다.

"할아버지가 내게 남겨 준 것들이 있으니까."

하람이는 아직 가끔 다투는 엄마와 어렵게 연락이 닿은 아빠 그리고 새 가족 점박이를 떠올렸다. 부담스럽다고만 여겼던 샛별이와 사고뭉치인 진수도. 마지막으로는 수상한 가게의 조금 이상한 아저씨가 생각났다.

"봐, 자윤이 너한테도 있어. 너희 할머니도 계시고, 나랑 샛별도 있어. 그렇지?"

"그래! 우리가 있잖아."

샛별이가 언제 울었냐는 듯이 활짝 웃어 보였다.

"그리고 마지막으로 이거."

하람이는 자윤이 앞에 초록색 리본이 달린 구두를 놓았다.

"너희 부모님이 주신 거야. 나쁜 것들은 전부 당신들이 가져갈 테니, 너는 이 구두를 신고 좋은 것만 보고 좋은 곳으로만 다녔으면 좋겠다고 하셨어."

구두를 보던 자윤이가 다시 울음을 터뜨렸다.

"이 구두, 내가 갖고 싶다고 졸랐던 거야. 초록색 리본이 달린 구두."

자윤이네 부모님은 저승으로 떠나면서도 딸이 갖고 싶어 했던 구두가 마음에 걸렸었나 보다.

"어디 한번 잘 맞는지 신어 봐."

샛별이가 울고 있는 자윤이를 일으켰다. 구두는 자윤이의 발에 딱 맞았다.

이제 자윤이에게도 돌아갈 곳이 생겼다. 초록색 리본이 달린 구두가 자윤이를 좋은 곳으로 데려다줄 테니까.

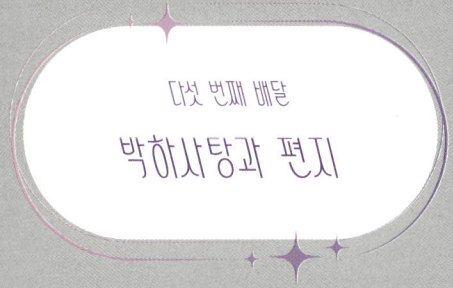

다섯 번째 배달

박하사탕과 편지

1.

주말 아침, 하람이는 점박이의 울음소리에 잠에서 깼다.

"왜 그래? 아직 7시밖에 안 됐잖아?"

점박이는 우는 걸 멈추지 않았다. 결국 하람이는 졸린 눈을 비비며 일어나야만 했다.

점박이는 여간 똑똑한 게 아니었다. 고양이라면 딱 질색이라던 하람이의 엄마가 점박이에게 넘어가는 데는 한 달이 채 걸리지 않았다.

점박이는 하람이가 학교 가는 날과 가지 않는 날을 구분할 줄 알았다. 학교 가는 날은 7시만 되면 울어서 하람이를 깨웠고, 주말은 늦게까지 자도록 두었다. 그런데 오늘은 학교에 가지 않는 날인데도 우는 것이다.

"배고파서 그래?"

"야옹!"

점박이 밥그릇에는 사료가 아직 많이 남아 있었다.

"물이 없어?"

"야옹!"

물도 넉넉하게 있었고.

"화장실이 더러워서? 아닌데, 어제 자기 전에 청소했는데. 그럼 왜 그러지?"

하람이의 말에 점박이가 답답하다는 듯 길게 울었다.

'아저씨라면 분명 점박이가 뭐라고 하는지 알았을 텐데……'

아저씨 생각을 하자 하람이는 울적해졌다. 아저씨가 가게를 비운 지도 벌써 두 달이 다 되어 갔다. 한 계절이 거의 다 바뀔 동안 아저씨는 돌아오지 않았다.

점박이가 하람이의 옷자락을 물고 현관 쪽으로 잡아당겼다.

"집 밖으로 나가자는 거야?"

"야옹!"

점박이는 길고양이 출신이지만, 집에 데려온 뒤로는 한 번도 밖에 나간 적이 없었다. 하람이는 고개를 갸웃거리며 점박이를 데리고 밖으로 나왔다. 품에 안겨 있던 점박이가 바닥으로 훌쩍 뛰어내리더니, 저만치 앞으로 달려 나가기 시작했다.

"점박아! 안 돼!"

하람이는 잠시 점박이를 잃어버렸을 때가 떠올랐다. 눈앞이

캄캄해졌다.

'아저씨도 없는데 점박이마저 잃어버리면…….'

점박이를 따라 얼마나 뛰었을까? 익숙한 길이 나왔다. 학교를 마치고 혹시나 싶어 매일같이 들르는 곳.

'가게에 불이 켜져 있어! 설마?'

하람이는 이제야 점박이가 자신을 이곳으로 데려온 이유를 알 것 같았다. 드디어 아저씨가 돌아왔다는 걸 알려 주기 위해서였다.

"아저씨!"

하람이가 가게로 들어서자 아저씨가 씩 웃었다.

"밥은 먹었어? 오늘은 무슨 반찬?"

하람이는 지금 그런 소리가 나오냐고 따지려고 했다. 하지만 오랜만에 보는 아저씨 얼굴이 너무 안돼 보여서 차마 그럴 수 없었다. 얼굴은 예전보다 더 창백했고, 눈 밑에 있는 다크서클도 짙어 보였다. 하람이가 한숨을 푹 쉬었다.

"아저씨, 그동안 어디 갔었어요?"

"날 찾는 곳이 좀 많아야지."

아저씨가 거드름을 피우며 대답했다. 하지만 하람이는 다른 게 더 신경 쓰였다.

'아저씨 손에 들린 저 가방은 뭐지?'

"아저씨, 어디 가요?"

"저승에서 하도 오라고 해서. 하람이 넌 모르겠지만 내가 꽤 유능한 저승사자거든."

저승사자가 저승으로 가는 건 당연한 일이었다. 하지만 아저씨가 없는 가게는 상상도 할 수 없었다.

"돌아올 거죠?"

하람이 물음에 아저씨는 아무 대답도 하지 않았다. 그 대신 열쇠를 하나 건넸다.

"가게 열쇠야. 네가 가지고 있어."

"주인 없는 가게가 무슨 소용이에요?"

하람이는 눈물이 나오려는 걸 꾹 참았다. 할아버지와 한 번 이별해 보았으니 다음번에는 더 잘할 수 있을 줄 알았는데 전혀 그렇지 않았다.

"무엇이든 배달해 주는 가게에서 제일 중요한 사람은 누굴까?"

이번에는 하람이가 대답하지 않았다. 아저씨가 하람이 머리

를 헝클어트리고는 말했다.

"주인인 내가 아니라 배달부인 너야. 하람이 네가 아니었다면 이렇게 홀가분하게 떠나지 못했을 거야. 그날도 고마웠고, 지금도 고맙다."

'그날도 고마웠다고?'

하람이는 그게 무슨 말인지 물어보려고 했는데 할 수 없었다. 아저씨는 이미 떠나 버린 뒤였다.

2.

아저씨는 저승사자로 돌아가기 위해 떠난 게 아니었다. 이 사실을 알게 된 건 아저씨의 친구란 사람이 찾아왔을 때였다.

하람이는 아저씨가 돌아올까 싶어서 매일같이 가게 문을 열었다. 그날도 텅 빈 가게에 멍하니 앉아 있었는데, 손님 하나가 들어왔다. 한눈에 봐도 평소 가게를 찾는 밤이슬들과는 달랐다. 아저씨에게서 나던 향냄새가 났는데, 훨씬 더 짙었다.

"안녕? 네가 하람이지?"

"네? 그, 그런데요."

하람이는 엉거주춤한 자세로 대답했다.

"나는 차의 친구고 저승사자야. 이름은 이만홍."

상황을 미루어 보았을 때 '차'가 아저씨 이름인 것 같았다. 하람이는 아저씨가 떠나고 나서야 그의 이름을 알게 되었다.

"네가 자윤이에게 배달을 했다면서? 차도 해내지 못한 일인데, 대단한걸?"

"저 혼자 한 건 아니에요. 샛별이라는 친구가 도와줬어요. 그

런데 차 아저씨는 저승사자라면서 왜 이 가게를 운영하게 된 거예요?"

"차는 오래전부터 저승사자 일을 힘들어했거든. 이승에 미련이 남은 사람들을 저승에 데려가는 걸 마음 아파했어. 그러던 중에 자윤이 일이 벌어진 거야. 그 뒤로 저승사자를 완전히 그만두고 이 가게를 열게 된 거지."

"왜 하필 배달 가게였어요? 다른 가게도 많았을 텐데."

"음, 어떤 꼬마가 알려 주었다고 했어."

"어떤 꼬마요?"

"얼마 전에 차가 그 꼬마를 다시 만났다고 하던데."

"진짜요? 나한테는 그런 말 없었는데."

만홍이 하람이를 보고 씨익 웃었다.

"그 꼬마는 전혀 기억하지 못했대."

하람이는 그 꼬마가 누군지 궁금해졌다. 아저씨를 다시 만날 수 있다면 그 꼬마가 누군지 물어볼 텐데…….

만홍의 이야기를 듣고 있던 하람이는 뭔가 이상하다는 걸 깨달았다.

"아저씨는 저승사자 일을 그만두었다면서요? 게다가 적성에도 맞지 않는데 왜 또 저승사자를 하러 간 건데요?"

"그게 말이다."

만홍은 자기가 말한 걸 비밀로 해 달라며 이야기했다.

"너도 진실을 알 필요가 있으니 말해 주는 거야. 차는 저승으로 가서 벌을 받게 될 거야."

"아저씨가 뭘 잘못했는데요?"

"불법적인 가게를 열어서 밤이슬을 현혹한 죄. 이 가게가 이승에 대한 미련을 키운다는 거지. 밤이슬들이 저승으로 가지 않으려고 한다는 거야."

"말도 안 돼요!"

"말도 안 되지? 원래부터 밤이슬들은 이승에 미련이 많았어. 사랑하는 사람들이 여기 남아 있으니까. 선뜻 떠나기 어려운 게 당연한 거 아니야?"

아저씨가 종이만 덜렁 붙인 채 사라진 이유도 저승에서 온 자들이 아저씨를 끌고 갔기 때문이었다고 했다. 잠깐 돌아온 건 가게를 정리하기 위해서라고.

'아저씨를 도와야 해!'

하지만 아무리 생각해 봐도 뾰족한 수가 떠오르지 않았다.

'이럴 땐 머리를 맞대는 거야!'
할아버지가 있었다면 분명 이렇게 말했을 것이다.

"여기까지가 오늘 있었던 일이야."
하람이는 샛별이, 진수 그리고 점박이를 돌아보며 말했다. 자윤이도 오고 싶어 했지만, 몇 년 동안 누워 있던 몸을 회복하느라 치료를 받고 있었다.

"하람아, 생각해 둔 방법이라도 있어?"

샛별이가 물었다. 하람이는 샛별이에게 돌려받았던 구슬을 꺼냈다.

"아무리 생각해도 이 방법밖에는 생각이 나질 않아."

"야! 그 구슬로 할아버지를 만나겠다고 했잖아. 할아버지에게 전하지 못한 말을 하고 싶다며?"

이번에는 진수가 소리쳤다.

"그렇긴 하지만 아저씨를 구해야 하니까."

"아저씨 친구한테 너희 할아버지를 만나게 해 달라고 하면 안 돼? 그럼 아저씨를 구해 달라고 소원을 빌 수 있잖아."

샛별이 말에 하람이는 고개를 저었다. 그렇게 간단하게 할아버지를 만날 수 있는 거라면 소원 구슬을 쓸 생각도 하지 않았을 것이다.

"아저씨 친구가 그러는데 저승에 간 밤이슬을 불러오는 건 염라대왕도 못 한대."

이번에는 진수가 의견을 냈다.

"소원 구슬을 두 개 만들어 달라고 소원을 비는 거야. 그래서 하나는 너희 할아버지를 만나는 데 쓰고, 또 하나는 아저씨를 구하는 데 쓰는 거야. 아니, 만드는 김에 아예 백 개쯤 만드는 건 어떨까? 만든 김에 나도 몇 개 주면 좋고."

"냐아옹."

점박이가 한심하다는 듯이 울었다.

"그, 그냥 한번 해 본 말이거든?"

진수는 그렇게 변명했지만, 어느 정도는 진심인 것 같았다.

"그러니까, 하람이 네가 고민하는 이유는 아저씨도 구하고 싶고, 할아버지도 만나고 싶어서잖아?"

샛별이는 하람이가 처한 상황을 콕 집어 정리했다.

"맞아. 그런데 나 사실…… 빌고 싶은 소원이 한 가지 더 있어. 무엇이든 배달해 주는 가게가 그대로 있었으면 좋겠어. 이 가게가 아니었다면 점박이랑 같이 살지도 못했을 거고, 엄마 아빠랑 오해를 풀지 못했을 거야. 게다가 이곳 덕분에 너희랑 친구가 됐잖아."

진수가 "그건 그렇지."라고 공감하자 점박이도 동의한다는 듯 "야옹." 하고 울었다.

"어쩌면 한 가지 소원으로 세 가지 소원을 전부 이룰 수 있을지도 몰라."

샛별이 말에 하람이가 놀라 물었다.

"진짜 그런 방법이 있어?"

"있지."

샛별이는 회심의 미소를 지으며 두 사람과 고양이 한 마리를 돌아봤다.

"정식으로 밤이슬을 맞는 가게를 열 수 있게 해 달라고 빌면 돼."

"그건 한 가지 소원밖에 못 비는 거잖아!"

진수가 소리쳤다. 하람이도 진수의 의견에 전적으로 동의했기 때문에 가만히 있었다.

"잘 들어 봐. 실제로 밤이슬들이 가게에 방문한 다음 저승으로 잘 올라간 사례들을 정리해서 보내는 거야! 밤이슬이 저승으로 가는 데 도움을 주는 가게라고 말이야. 정식으로 인정받는 가게가 되면 차 아저씨도 벌을 받지 않을 거야."

"맞아. 우리 할아버지도 가게에 배달을 부탁한 뒤에 저승으로 떠났어."

"우리 형도 나랑 만난 뒤에 저승으로 떠났고."

하람이와 진수가 연달아 맞장구를 쳤다. 하람이는 샛별이가 괜히 엄친딸이 아니란 걸 또 한 번 느꼈다. 하지만 하람이 마음에 걸리는 게 하나 더 있었다.

"그러면 우리 할아버지는 못 만나는 건가?"

"이건 좀 다른 얘기긴 한데, 하람이 네가 할아버지를 만나고 싶어 했던 이유는 마음을 전하고 싶어서 아니야?"

샛별이 말에 하람이가 고개를 끄덕였다. 할아버지가 곁에 있을 때 고맙다는 말이나 사랑한다는 말을 한 번도 하지 못했다. 할아버지가 갑작스레 떠나고 나서야 그 마음을 전하지 못한 게 후회되었다.

"만나서 전하는 대신 배달을 통해서 전하는 거야."

"하지만 무엇이든 배달해 주는 가게는 밤이슬만 올 수 있는 가게잖아?"

이번에도 하람이가 묻고 싶었던 말을 진수가 대신 물어 줬다. 샛별이는 가게 앞에 붙은 작은 간판을 떼 왔다. 그리고 어쩐지 비장한 얼굴로 매직을 들었다.

"이렇게 하는 거야."

얼마 지나지 않아 '단, 밤이슬만'이란 글씨가 매직으로 덮여 완전히 사라졌다.

3.

하람이는 박하사탕과 편지를 뽁뽁이로 몇 겹이나 싼 다음, 상자 안을 스티로폼으로 가득 채웠다. 마지막으로 검은색 상자를 테이프로 붙이면 포장도 끝이었다.

"쯧, 택배비가 더 나오겠네."

보고 있던 만홍이 혀를 찼다.

하람이가 소원을 빈 뒤로 무엇이든 배달해 주는 가게는 불법 가게에서 정식 가게가 되었다. 차 아저씨는 아직 돌아오지 않았다. 아저씨의 죄는 사라졌지만, 처리해야 할 문제들이 남아 있어서라고 했다.

"먼 길을 가야 하는 택배잖아요."

하람이는 그렇게 말하고 만홍에게 상자를 내밀었다.

오늘은 저승에 있는 밤이슬에게 첫 번째 택배를 부치는 날이다. 가게는 원래 하던 배달을 그대로 하면서 저승으로 가는 배달 서비스를 추가하기로 했다. 저승 배달을 맡을 저승사자는 만홍이었다.

　만홍은 저승사자가 왜 이런 일까지 해야 하냐며 툴툴거렸지만, 차 아저씨를 구해 준 하람이에게 고마워하는 눈치였다.
　"받는 사람이 박상원 맞지?"
　"네, 맞아요."
　하람이는 다른 말을 덧붙이고 싶었지만 꾹 참았다. 이제부터는 배달부의 몫이니까.
　만홍이 택배를 가지고 떠난 뒤, 하람이는 가게 오픈 준비에 나섰다. 차 아저씨가 밤하늘에서 떠 왔다는 은하수 등을 켜고,

텅 빈 진열장 번호의 열을 맞추었다. 검은색 택배 상자가 넉넉하게 있는지, 꽃병에 꽂힌 국화는 싱싱한지 확인하면 준비가 끝난다.

하람이가 새로 만든 '무엇이든 배달해 드립니다' 간판을 붙이기 위해 낑낑거리는데, 누군가 말을 걸어 왔다.

"저기요!"

오늘의 손님은 중학생 정도로 보이는 여자애다. 몸이 반투명한 걸로 봐서는 죽은 지 얼마 안 된 것 같았다.

"앗, 밤이슬이시군요."

"밤이슬?"

여자애가 되물었다.

"여기선 죽은 사람을 밤이슬이라고 불러요."

"이름이 이상해."

여자애 말에 하람이가 살짝 웃었다. 하람이도 처음 밤이슬이란 말을 들었을 때 이상하다고 생각했었다.

"밤이슬은 밤에서 새벽으로 넘어가는 찰나에 볼 수 있어요. 누나도 이승에서 저승으로 가는 사이에만 여기 있을 수 있으니 그렇게 부르는 거죠. 아름답지만 금방 사라져 버리는 존재, 그게 밤이슬이에요."

할아버지와 삼색이, 진기, 자윤이의 부모님을 떠올린 하람이의 눈가가 촉촉해졌다.

바람이 휘이잉 불어와 코끝을 빨갛게 물들였다. 하람이는 그제야 눈앞의 밤이슬이 오들오들 떨고 있는 게 보였다.

"이런, 추운 날씨에 손님을 밖에 세워 두고 있었네요."

아저씨가 봤다면 손님 대접이 왜 이러냐고 타박했을지도 모른다. 아니, 타박했을 거다.

"가게로 들어오세요. 따뜻한 코코아 한 잔 타 드릴게요."

에필로그

그러니까 이건 하람이가 기억하지 못하는 그날의 일이야.

키가 멀대같이 크고 얼굴이 새하얀 남자가 길바닥에 쪼그리고 앉아 있었어. 어찌나 한숨을 크게 쉬는지, 땅이 꺼질 것만 같았지.

"나, 괜히 저승사자 됐나 봐. 그 애가 엄마 아빠를 따라가고 싶다고 우는데 도저히 어떻게 할 수 없었다니까."

남자는 누군가와 이야기하는 것처럼 혼자 중얼거렸어.

"야옹."

옆에서 고양이 소리가 났지. 흰색, 노란색, 검은색을 가진 삼색 고양이야. 이제 보니 남자는 고양이와 이야기하고 있었던 거야.

"야옹, 야옹."

"너를 키우면 구슬을 주겠다고? 됐어. 구슬로 그 애를 어떻게 하고 싶지는 않아."

남자는 꼭 고양이와 말이 통하는 것처럼 대화를 주고받

어. 멀리서 그 모습을 지켜보던 작은 아이 하나가 천천히 다가왔지.

남자와 고양이는 아이가 다가오는 걸 눈치채지 못했나 봐. 그 남자애는 또래에 비해 몸집이 많이 작았거든.

"그 고양이, 아저씨네 고양이예요?"

남자는 자신이 보인다는 사실에 깜짝 놀라 뒤로 넘어질 뻔했어. 가까스로 중심을 잡았지. 아이들은 가끔 어른들이 보지 못하는 무언가를 보기도 해.

"아니, 여기 있던 길고양이인데."

"한 번만 만져 봐도 돼요?"

"그건 얘한테 물어봐야지."

"내가 너 한 번만 만져 봐도 돼?"

아이의 말에 삼색이가 "야옹." 하고 대답했어. 아이는 고양이 말을 알아들을 순 없었지만, 왠지 "만져도 돼."라고 허락하는 것 같았어.

아이는 잔뜩 긴장한 얼굴로 삼색이를 향해 팔을 뻗었어. 아이의 오른팔에는 이상한 모양의 흉터가 있었어. 얼핏 보면 우리나라 지도 모양 같기도 했어.

아이의 손가락 끝에 부드러운 털이 닿았어. 긴장했던 아이의 얼굴이 점차 부드럽게 풀어졌어. 삼색이도 아이가 싫지 않은 눈치였지.

"그렇게 좋으면 네가 데려가서 키우지 그래? 애를 키우면 분명 좋은 일이 생길 텐데. 아주아주 좋은 일 말이야."

"안 돼요. 우리 엄마는 동물 싫어한단 말이에요. 데리고 갔다가 다시 밖으로 내보내라고 하면 어떡해요? 그럼 얘가 너무 슬퍼할 거예요."

아이는 곧 울 것 같은 얼굴로 말했어.

아이의 표정을 보자 남자는 자신을 보며 울던 여자애가 떠올랐어. 그 애를 생각하면 가슴 한쪽 구석이 찌르르한 게 콕콕 쑤시는 것 같았어.

"아저씨, 어디 아파요?"

"아니. 그게 아니라…… 하기 힘든 일이 있어서. 도저히 할 수 없는 일이 생겼지 뭐야."

어린아이 앞에서 투정을 다 부리다니, 남자는 스스로가 한심하게 느껴졌어. 아이에게 사과하고 자리를 떠나려고 했지. 그때 아이가 이렇게 말하는 거 아니겠어?

"그럼, 하지 마세요!"

"뭐라고?"

"그 일 하지 말라고요. 우리 할아버지가 그러는데요, 인생 되게 짧대요. 우리 할아버지는 좋아하는 일만 하고 살았는데도 너무너무 아쉽대요."

그 말을 들은 남자의 머릿속에 느낌표가 떠올랐어. 이제까지 남자는 늘 물음표만 품고 살았거든.

"그럼 내가 뭘 하면 좋을까? 넌 뭘 제일 좋아하니?"

남자의 물음에 작은 아이는 한참을 고민하더니 입을 열었어.

"음……. 택배 아저씨?"

"택배 아저씨? 그게 뭔데?"

아이는 그것도 모르냐는 얼굴로 말했어.

"물건을 배달해 주는 사람이요. 우리 엄마랑 혜경 이모, 샛별이 모두 택배 아저씨를 제일 좋아해요. 그래서 매일 택배 아저씨만 기다려요."

남자가 뭐라고 대답하기도 전에 저 멀리서 아이를 찾는 소리가 들려왔어.

"하람아! 밥 먹어야지!"

"우리 할아버지예요."

아이는 목소리가 들리는 쪽으로 뛰어갔다가 잊은 게 있는지 되돌아왔어. 그러고는 삼색이를 꼭 끌어안았지.

"삼색아, 안녕. 아저씨도 안녕히 계세요."

아이는 꾸벅 인사하더니 원래 가던 길로 뛰어가 버렸어. 남자는 아까보다 한결 밝아진 얼굴로 중얼거렸어.

"배달이란 말이지……."

작가의 말

이 이야기를 구상하게 된 건 할머니 두 분을 떠나보낸 뒤였습니다. 그때 '죽음'은 늘 가까이에 있다는 걸 깨달았어요. 저는 친척들과 종종 만나 두 할머니에 대해 많은 이야기를 나누었어요. 때론 웃고, 때론 눈물짓거나 지난 일들을 후회하기도 했지요. 우리는 그 시간을 통해 서로의 상처를 보듬고 할머니들을 잘 보내 드릴 수 있었어요. 어쩌면 우린 잊기 위해서가 아니라 기억하기 위한 시간을 보냈던 것 같습니다.

누군가 사랑하는 사람을 잃어 슬퍼하고 있다면, 하람이가 한 말을 들려주고 싶어요.

"지금도 할아버지 생각만 하면 많이 힘들고 슬퍼……. 하지만 난 그럭저럭 잘 지내고 있어. 할아버지가 내게 남겨 준 것들이 있으니까."

주위를 둘러보세요. 사랑하는 사람들이 남겨 놓은 것들이 분명 있을 거예요. 그것이 사람이든 물건이든 아니면 추억이든, 어떤 형태로든 여러분을 지탱해 줄 거라고 믿습니다.

이 이야기가 세상에 나오기까지 꽤 오랜 시간이 걸렸습니다. 그 시간 동안 포기하지 않고 이야기를 붙들어 주신 분들에게 고마움을 전합니다.

아름다운 그림으로 책을 풍성하게 만들어 주신 김유 작가님과 책이 나오기까지 애써 주신 웅진주니어 편집부에 감사 인사를 전합니다. 저에게는 글을 쓰는 일이 행복하면서도 조금은 외로운 일이었습니다. 홀로 해야 하는 일이라고 생각했거든요. 하지만 지금은 늘품 벗들과 나눌 수 있어서 즐겁게 쓰고 있어요! 마지막으로 든든한 버팀목이 되어 주는 가족들과 제이, 소천하신 할머니들께도 많이 사랑한다고 말하고 싶습니다.

다른 이야기로 또 만날 수 있기를 바라며, 모두 안녕!

2025년 여름의 문턱에서 김민선

웅진주니어

7시 29분, 무엇이든 배달해 드립니다

초판	1쇄 발행 2025년 9월 8일
글	김민선
그림	김유

발행인	윤승현
편집장	안경숙
편집	정아름
디자인	민트플라츠 송지연
마케팅	정지운, 박현아, 김지윤, 황지영
제작	신홍섭

펴낸곳	(주)웅진주니어
주소	경기도 파주시 회동길 20 (우)10881
문의전화	031)956-7523(편집), 031)956-7569, 7570(마케팅)
홈페이지	www.wjjunior.co.kr
블로그	blog.naver.com/wj_junior
인스타그램	@woongjin_junior
출판신고	1980년 3월 29일 제406-2007-00046호
제조국	대한민국
사용연령	10세 이상

글 ⓒ 김민선, 2025 | 그림 ⓒ 김유, 2025
저작권자와 맺은 특약에 따라 검인을 생략합니다.

웅진주니어는 (주)웅진씽크빅의 유아·아동·청소년 도서 브랜드입니다.
이 책은 저작권법에 따라 보호받는 저작물이므로 무단 전재와 무단 복제를 금지하며,
이 책 내용의 전부 또는 일부를 이용하려면 반드시 저작권자와 ㈜웅진씽크빅의 서면 동의를 받아야 합니다.

ISBN 978-89-01-28929-8 04800 · 978-89-01-28551-1(세트)

잘못 만들어진 책은 바꾸어 드립니다.
⚠ 주의 1. 책 모서리가 날카로워 다칠 수 있으니 사람을 향해 던지거나 떨어뜨리지 마십시오.
    2. 보관 시 직사광선이나 습기 찬 곳은 피해 주십시오.